# 机器人的漫游时代

飞氘
——著

译林出版社

**图书在版编目（CIP）数据**

机器人的漫游时代 / 飞氘著. -- 南京：译林出版社，2024.11. -- ISBN 978-7-5753-0255-5

Ⅰ. I247.7

中国国家版本馆CIP数据核字第2024P1K917号

**机器人的漫游时代** 飞氘／著

| 责任编辑 | 李 蕊 |
|---|---|
| 装帧设计 | 尚燕平 |
| 封面插图 | 飞行猴 |
| 校　　对 | 戴小娥 施雨嘉 |
| 责任印制 | 闻嫒嫒 |

| 出版发行 | 译林出版社 |
|---|---|
| 地　　址 | 南京市湖南路1号A楼 |
| 邮　　箱 | yilin@yilin.com |
| 网　　址 | www.yilin.com |
| 市场热线 | 025-86633278 |
| 排　　版 | 南京展望文化发展有限公司 |
| 印　　刷 | 南京新世纪联盟印务有限公司 |
| 开　　本 | 850毫米×1168毫米 1/32 |
| 印　　张 | 7.625 |
| 插　　页 | 4 |
| 版　　次 | 2024年11月第1版 |
| 印　　次 | 2024年11月第1次印刷 |
| 书　　号 | ISBN 978-7-5753-0255-5 |
| 定　　价 | 49.00元 |

**版权所有 · 侵权必究**

译林版图书若有印装错误可向出版社调换。质量热线：025-83658316

# 目录

001　去死的漫漫旅途

129　巨人传

159　讲故事的机器人

171　会唱歌的机器人

201　爱吹牛的机器人

233　附录：各篇发表情况

235　新版后记

**去死的漫漫旅途**

这单夜手稿上所写的事情过去不曾有，将来也永远不会重复。

——《百年孤独》

# PART I

# A

当国王再也不能从远方传来的胜利消息中获得快慰时，不断送来捷报的马蹄声只是让他感到无聊，随之而来的，是对这种毫无悬念的单调旋律的厌倦。如今国王只热衷于棋盘上的厮杀，这样每一次胜利或者失败之后，他都可以从头开始。

有时候，国王甚至会羡慕棋盘上的那个王，至少那里的疆土一目了然，而自从把战争交给那些家伙之后，国王再也没有离开过皇宫。对那些不断纳入帝国版图的陌生土地，国王一点兴趣都没有，他担心自己的帝国已经过于庞大了。

国王的忧虑并没有流露出来，只是在翻阅那些远方呈递的长长的奏折时会显出无聊的神色。即使当宰相恭敬地提到今天的捷报将会是最后一份时，国王仍旧不动声色，沉默良久才开口："难道说，战争就这么结束了？"

"最远的城市也插上了陛下的旗帜，如今帝国不再需要边界了。"

千秋大业就这么在他不留神的时候完成了，国王体味不到那瞬间的快乐，甚至没有来得及捕捉到这一刻，帝国就已筑成。

国王已经放弃了去感受喜悦的努力，只好继续履行自己的职责："发布公告，明日开始庆贺。"国王的职责就是发布命令。

"是。"宰相也时刻履行着自己的职责，但是懂得措辞的微妙，"另外，您的勇士，帝国的英雄，已经归来，正等待着您的下一个命令。"

国王知道自己迟早得面对这个问题，但只是站起身，走到棋盘前坐了下来，于是宰相恭顺地坐在了对面。直来直去或者斜线出击，国王喜欢这种有规则的战斗，他通常选择出奇制胜——他知道自己在棋盘上略逊一筹。国王一边出击一边观察着对面这位忠实而智慧的宰相。宰相也在观察国王，两个人在互相观察，揣度对方的心情和计划。不过宰相知道，此刻国王心中想着别的事。

"下一个命令？"毫无威胁的一着将军之后，国王陷入了沉思，回想起自己当初的一时冲动：为了一统天下，找到了两个异士来制造这些不死的战士，而这些怪物就真的被造出来了。当那两个异士保证，没有任何外在的因素可以杀死这些战争机器时，国王并不相信，但是帝国的版图不停歇地扩张证实了这一点：这是一群正宗的不死者。从战场上归来的人描述了这些妖怪的可怖：他们可以随意改变自己身体的形状，谁也没法消灭他们。有人甚至说，国王请来了魔鬼为他效劳。如今这些让敌人闻风丧胆的家伙征服了四海，完成了使命，正一声不响地守在外面，等着下一项命令。

国王得到保证，不死者永远服从他的命令，但他仍然不知该如何安排这些令人不安的机器，**没有人能消灭他们**。其实国王早已厌倦了他们那套不败的神话，也不打算供养他们，如果真的有神灵，他倒是愿意打发他们去与诸神厮杀。

国王知道自己会输，也猜到宰相会故意走错棋，而宰相知道自己会赢，也明白国王猜测自己会故意走错，于是，他反而一下子把对手的王将死了。

棋盘上的王已经动弹不得，只等着死亡的命运，国王则坐在原处不动。

"陛下……"宰相恭敬地说。

国王站起身，脸色阴沉，转身离开之前只留下了一句话：

"让他们去死吧。"

# B
## 第一定律

**必须绝对服从圣王的命令。**

**——不死者第一定律**

在宇宙中,普遍存在着一些基本的法则,我们必须认识这些法则,并遵从它们行事,其中一些法则优先于其他。我们称凌驾于他者之上的最高法则为第一定律。因此,这里并不存在任何荒谬和怪诞,我们的一切行动都是基于圣王的如下指示:你们去死吧。

为了更好地完成这一任务,我们必须首先就其内容做出严谨正确的理解。作为不争的事实,省略了最后一个无实意助词后,这个命令是由一个主谓短语构成的祈使句来表述的。"你们"指我们这些战士,作为任务的执行者,我们被要求完成谓语部分"去死"表述的行为。困惑从这里开始：我们尚不理解这一行为。

不错，我们一直在和死打交道。我们曾经赐予他人死亡，但仅限于对那些敢于违背圣王意志的敌人。对于这些有违帝国利益的人，我们被要求消灭他们的一切反抗，该指令的定义为通过武力方式解除敌人的全部战斗能力，这就是我们存在的目的。

人类是脆弱的，他们由一些柔软的器官精细地构成，他们的构造远非严谨，有些甚至存在严重的漏洞，造成了相当程度的不和谐，即他们称之为"丑陋"的形式。然而这就是他们的生命，他们称作灵魂的东西就存在于其中。构成他们的材料可以说毫无防御力，一旦整个结构遭到破坏，人类将被还原为一些破败的物质。因此，在必要的时候，我们可以轻易地终结他们的生命，使之不再具有任何潜在的威胁。

我们依照宇宙的基本法则行事，人类的情感对我们来说是陌生的。怜悯是一件极为复杂的行为，它看起来与坚定的信念和刚毅的作风相悖，但我们对此并不确定。也许，利益的最优化要求考虑某些模糊的因素，这种考虑超出我们目前的理解范畴。所以，是否一劳永逸地赐予敌人死亡，或者冒着一定的风险仅仅解除他们的武装，完全取决于命令。我们谨记自己的职责,坚定地贯彻圣王的意志是我们的使命。

人类肉体的缺陷迫使他们求助于计谋和利器。在他们彼此的杀戮中,这两者带来了以较小的损失获取对方较大的损失并最后赢得胜利的常见方案。但这一套在我们面前毫无用处:身体的构造决定了我们的不可磨灭。父亲[1]说过,凡是符合"完美定律"的事物,都将具有永恒的特征。父亲穷尽一生发现了它,这是一组闭合方程,它保证系统所有的参数和谐一致,使系统不会出现错误。我们就是根据"闭合定律"建造的,因而我们的存在是严谨的,"令人战栗的可怕完美",我们体现了宇宙真理的完满。

所以,即使我们偶尔中了敌人的圈套,也无所谓:说到底,阴谋最终是为了使对手受到损失,而我们显然没有任何可以损失的东西。或许会有重创,可是人类只懂得在形态上毁灭对手,而我们的身体即使被炮弹炸得四分五裂,也能立刻在一种凝聚力的召唤下恢复原样,这就是真理的意志,闭合性永远保护着我们。那些第一次看见这种力量的敌人,总是露出惊恐无助的神色,当他们终于明白

---

[1] 父亲:不死者的创造者。

我们是无法被消灭的时候，脸上写满了恐惧和绝望。我为他们——人们大概会这样说——"感到悲哀"。

因此，死亡对于我们完全是陌生的概念。为了明白其中的含义，我们不得不开始思考了。全体将士一起讨论，仅仅得出了一个仍然不明确的结论："去死"是一种行为，我们要去干这样一件事，它能带来死亡。但什么是死亡呢？死，似乎和闭合定律相冲突，但我们必须尽快行动起来，军人应该果断，是时候上路了。即使这一任务将耗尽宇宙的全部时间，我们也要努力完成。

圣王的意志就是我们存在的唯一根据，毫无疑问，我们必须去死。

——《上校日志》

C
在路上

无论白天或黑夜，任何时候他都是戈尔本特拉茨和叙拉的圭尔迪韦尔尼和阿尔特里家族的阿季卢尔福·埃莫·贝尔特朗迪诺，上塞林皮亚和非斯的骑士。

——《不存在的骑士》

1

在过去，对上校来说，白天或黑夜并无区别。无论是太阳暂时地驱走一切黑暗，还是满天的繁星静静地闪烁，都不会影响他的部队果敢坚毅的品质。光明从来只对他的敌人们影响深远，那些人在白天的时候勇敢地挥着宝剑作战，丝毫不惧怕命定的死亡，而在黑夜，他们则守在自己的营地和城堡里，乏力地卸下沉重的盔甲休息，变成一个个脆弱的肉体，甚至一阵幽怨的笛声都会使他们感到悲凉，而上校则从未体验过类似的感情。

其实每一次战斗结束后，他的部队只要稍微休整就完全可以重新走上战场，不过国王那时候还年轻，沉浸在战争的艺术中，喜欢御驾亲征，带领着他的铁骑，在丛林中冒着被瘴气毒害和被蚊虫叮咬的风险在七月的酷暑或者连绵不绝的细雨中行军，在寒冬的风雪和冰霜中艰难地跋涉，有时候甚至带着令敌人恐惧的战象，把大军开到一座座异域的城市下。这些被征服大军的脚步惊得战栗的城市，有许多国王甚至叫不上它们的名字，因为这些陌生拗口的发音听起来总是那么相似。国王愿意按照规矩出战，派出自己的骑兵与敌人在旷野上厮杀，让大地去震动。到了夜晚，国王也给敌人喘息的机会，然后从容不迫地消灭他们。除非陷入不可收拾的僵局，或者由于各样的原因而感到厌烦，国王不轻易命令上校的特种部队出战。不死的军队一旦行动起来，将无人能敌，这扫了国王的兴致，让他觉得自己胜之不武，有一种在游戏中作弊的羞耻感。就是在那些随军行进而不能出战的夜晚里，上校开始对夜晚有了一些机械的感知。

直到由于身体的不适，或者对整个这场战争感到彻底的厌倦，国王才把剩下的战争交给了不死者们。在战争后期的那些日子里，已经没有什么有力的抵抗了，这时候上校闲暇的时间更多起来。每晚部署好行军计划后，他习惯性地走出帐篷，在星空下站立，仰望着满天星斗。上校在头脑里绘制出一幅星空图，标出每颗星星的位置，确定它们的坐标，描绘出它们运动的轨迹，或者为它们连上线，按照人们说的那样用星座来给它们分组——这儿一只琴，那儿一只熊——然后把线条和真正的物体相比较。上校很难发现两者有何相似，当然，他并不在意这些，他也不知道自己怎么做到这一切的。他只是为了消磨掉夜里的时光，就像手下的其他人一样。那些战士，有的在静静地观察着帐篷灯下乱哄哄飞舞的小虫；有的在侧耳倾听旷野中各种奇怪的叫声；有的则一副认真的模样读着人类的著作，但只是为了分析句子的语法结构。很多人像上校一样，仔细地观察着客观世界的一切，认真地记录，换算成一些数学运算，然后又把这一切数据统统消抹掉，继续默默地等待着黎明到来时重上战场，与敌人交锋，或者说把胜利这件事完成。因此这对他们来说谈不上什么游戏，只不过是为了打发夜里漫长的时光。毕竟，对于不死的人来说，时间是有点嫌多的。

可是现在，国王不再给他们供给，上校的部队只能依靠太阳能了。夜晚一下子变成了一个艰难的时刻：白天储备的能量必须谨慎地使用，合理地安排，做每一份计划之前都要预留出一些能量。关于这份不动产，上校在最近新颁布的临时补充条例中做出了明确的规定：除非别无选择，不得擅自使用预留能量。虽然太阳每天都会照常升起，但军人的严肃不允许他们凭任何侥幸心理来行动。只要大地还在夜神的权杖下，耗尽能量的人就有失去行动能力的可能。不错，太阳会升起来，你还能"活"过来，但是整个部队的行动将受到影响，国王的命令不能尽快并顺利地完成。因此，没有看到曙光之前，谁都得谨慎行事，纪律必须要严守。

因此，撤掉补给的第一个夜晚，上校没有休息，他认真地检查着军营中的每一处岗位，没有发现不妥的地方。执勤的士兵向他致意，上校平静而严肃地向他们点点头。这时候，其他人都安守在自己的营房中，虽然每个人都储备了足够的能量，但大家尽量不做太耗能的事，有的干脆把自己调整到最低耗能的状态，学着人类的样子休息。就像冷血动物一样，夜晚终于对他们具有了特别的意义。如今，他们战胜了所有的敌人，自己却变得脆弱起来。

# 2

部队在黎明的时候出发了。

没有选择大道，而是在不见人烟的小路上前进。在一片迷蒙的晨雾中，士兵们沉着地迈着步子，整个队伍保持着严整的队形，以平稳而不容置疑的步伐前进，行列之间保持着恰当的距离：既不多一分显得松散也不少一分显得无序。在这支队伍中，你不会看见混乱和喧闹，没有嬉笑和下流的叫骂，听不见粗俗的笑话和逗趣。一如战争期间，他们静悄悄地行进，时刻保持着警惕，防范着敌人的偷袭，细致地勘查每一处可疑的地方，辨别着天然存在的物体和人为制造的陷阱。从未有过一支军队，如此有序而务实，远离尘世的一切低级趣味，以非凡的气势和令人生畏的平静，在亘古不变的苍茫大地上这般走过。

对于这一次的任务，每个人都尽心尽力地去理解，他们第一次这样认真地思考着。对于上校来说，死亡是一件存在于远方某个未知角落里正等着他们去与之相会的事物。同以往一样，原则上来说，上校是欢迎不期而遇的各种突发事件的。这样的变数和不安，有利于一个指挥官磨砺自己的头脑，显露自己卓而不凡的才智，激发出无尽的潜能。遗憾的是，在过去战斗的日子里，他们一直习惯于服从国王直接做出的各种明确指示，这虽然大大简化了事情的复杂性，却难免让人觉得单调。如今国王给了他们充分自主决定的空间，上校对可以自由地执行任务感到满意。

不过，死亡如果在某个时刻突然降临——这种可能性极小，因为闭合定律在起作用——他并不会因为如愿地完成任务而感到更多的高兴。相反，上校希望事情有条不紊地进行，任务应该尽量完成得出色，用人类的话说就是"干得漂亮"，因此应该先充分地理解任务，主动出击，慢慢靠近目标，最后顺利地赢得胜利。这就要求一切都应该在他们的掌握之中，即使死亡也不该例外。

所以，当他们走过一程又一程，仍然没有发现任何预示着死亡可能存在的迹象时，上校仍然保持着高度的敏感，每天都一丝不苟地指挥着部队前进，严格按照条例处理军中的大小事务。到了晚上，上校就在自己的帐篷里详细地写下行军日志，默默地思考着身上的重任，直到夜已经很深的时候，他才站起身，最后一个去休息。

# 3

国王年轻的时候经常做一些奇怪的梦，这些纷乱的梦的碎片发着灰色的亮光，暗示着一些神秘的事物。这些被认为来自天使的启示，无法破译但能感知，国王根据这些启示编制了一些令人费解的谜语。每当他来到一座陌生的城池，总要说出一个谜语，承诺如果能有人猜到答案，他就放弃进攻。然而从未有人能说出谜底，因而没有一座城池能够逃脱战争的恶梦。

因此，当他们在上校的带领下，沿着当年国王征服整个星球的路线重新经过那些一个又一个曾被他们无情攻陷的城市时，人们以为他们又带来了谜语和灾难。站在城墙上的人们总是一眼就认出他们那令人不安的整齐步伐："上帝啊，是他们！"人们惊慌失措地打开了大门。

然而，上校只是在四处询问哪里有最智慧的人，打听着哪里可以找到死亡。自然，没有人能回答上来，于是他们就从城市穿过，又走入了荒野，直到他们在一片广袤的平原上遇见了一个流浪的部落。这些人的家园在战争中被摧毁了，他们无家可归，带着自己的家当和马车在帝国的大陆上漂泊。长久的流浪造就了他们坚强而狡猾的性格，因此当部队在地平线上刚刚露面，人们就拿起了自己的武器，排好阵势等待着。在足够近的地方将士们停下来，两边的人互相看着对方。空气中充满了一种紧张的气氛，上校打破了沉默："以圣王的名义，请你们当中最智慧的人出来谈话。"

人群中一片骚动，一位老者走上前来。上校欠了欠身："我们奉圣王的命令，寻找死亡。您可知道它在何处？"老者没有开口，人群中有人喊了一嗓子："到地狱去吧！"与此同时响起一记清脆的耳光声。

上校的目光越过老者，看见一位气得脸色通红的母亲正拽着一个小伙子想把他拖进帐篷中。上校急忙喊道："请不要走。"惊恐的老妇人只好停下来，一边责骂年轻人一边哀求："请您宽恕他吧，大人，他的脑袋被驴子踢了。"上校温和地示意小伙子过来，年轻人一边揉着自己火热的脸颊一边委屈地说从来没有人认真对待过他的话，然后解释说如果要找死亡就应该去地狱那里看看，可惜的是他自己还没有亲自去过所以不知道该怎么走。上校拍拍他的肩膀，命人给了他一枚帝国的金币作为奖励，然后带领部队继续前进。走出很远的时候，那个快活的年轻人在后面大声喊着："祝您好运，替我问候死神！"

**4**

上校的部队并不是总能听懂沿途每一个城市的语言，

在这些不熟悉的地方，人们甚至没有来得及被同化就被帝国遗忘了。各地递交上去的公文，国王并不总是过目。对于那些过于遥远的地方，国王打算给他们充分的自治权，只要他们宣誓效忠帝国并按时上缴粮食和税款。因此当上校率领着部下经过一座座插着帝国国旗的异族城市时，总是能听见各种奇怪的语言。人们议论纷纷，不知道为什么这群怪物又回到这里勾起他们伤心的回忆。后来关于不死者寻找死亡的说法渐渐传播开来，人们听得糊涂，以为国王实在是闲得无聊以至于想要和死神开战，不禁惊讶地注视着这个从城市匆匆穿过的不死军团。一见到他们不祥的样子，大伙便远远地躲开，窃窃私语。如果上校和善地打听地狱的入口，人们便面色苍白地纷纷逃离。上校虽然不在意自己受到的冷遇，但得出了一个经得住考验的结论：人是怕死的。

那个时候星球上人还不是很多，城市和城市之间离得很远，因此部队多数时候是在猛兽出没的草原上，在冰雪覆盖的高山上，在奔流不息的河谷里行进。因为作战指挥部根据如下逻辑制定行动：既然死和生是相反的，那么应该向背离生命存在的地方寻找死亡。结果他们远离人们居住的地方，远离文明，在天寒地冻的冰川上，在空气稀薄阳光明媚的高原上，在弥漫着热浪和幻影的沙漠里，在充斥着腐烂气息和尸骨的沼泽地里留下足迹。他们遭遇过猛兽怪禽，碰见过孤魂野鬼，可是却没有找到那个地狱的入口。

在那些凡人难以进入的死亡之地，上校总是命令部下仔细地记录着那里的气候条件、地貌特征、土壤的结构、生物的种类等等。当他们离开的时候，就会有一份关于该地区的粗略报告。起初也许是没有别的事可干，后来上校意识到，他们每个人身上都有一种认识事物的需要，这种需要以前没有体现过，自从他们不再是帝国的一件兵器而开始自己思索时，经过这旅途上的慢慢积累，体内的某些东西苏醒了。

就在他们如同勘探员一样，坚定不移地走过帝国的每一个角落，走进一个又一个岩洞，试图找到那条死者通往冥间的大路，但每一次都落空的时候，住在城里的人们在各种彼此矛盾的传言和猜测中弄明白了国王的意图：那道命令不过像人们常说的那样，是一句恶毒的诅咒，而这些笨家伙竟然当了真。于是那些遭受过战争伤害的人感到了某种来自恶意的快乐，似乎他们的创伤终于从这些活该受诅的没有人性的战争机器落得了那遭遗弃的命运中得到了补偿。大家津津乐道着这一群在大地上孜孜寻觅地狱之门的傻瓜，编出了各种关于他们的笑话来解闷。当军队穿越一座城市的时候，人们仿佛观看马戏团演出一样聚在街道的两边，互相使着眼色，这时一个自认为幽默的男人勇敢地冲着他们喊了一声："怎么样了，宝贝儿？"

不死者并不是聋子，也并非不懂得什么叫作侮辱，但是在和平年代他们并不把这样的事放在心头。他们知道人类的脾性是难以捉摸的，他们既不厌恶也不同情更不怜悯那些贱民。他们努力完成任务，那些无聊的攻击不能伤害他们，也丝毫不会让他们难堪。说到底，他们满足于尽忠职守，不懂得被遗弃的意思。因此上校把那句嘲笑判断为一句不友好的废话，只是抬头看了一眼，平静地说："一切顺利。"

他们一直在向高纬的地方前进。经过推测，上校和作战指挥部的全体军官一致认为，假设存在着一个最有可能通往地狱的极端险恶之地，那一定是极地。

## 5

他们发现自己许多有待开发的潜力。最奇特的一点：

身体可以流动如水,又可以坚固如山,这种随意变形在国王看来仅仅是一种玩具的功能,然而在他们去往极地的旅途上却逐渐显示出非凡的实用性来。

在帝国大路的最南端,他们等了两天,储存了充足的能量,然后上校和他的部下们做出了一项颇具想象力的举动:每一个人吸进大量的空气,使身体能够在海上漂浮,然后把自己塑造成一种配有螺旋桨的机帆船。于是,这支历史上从未有人听闻过的神奇船队下到水中,在一片茫茫的大洋上,驶向极地。

在上校的指挥下,他们借着流向极地的洋流和西风,一路前进。等待他们的是来自极地的冷水团和流向极地的暖水团相汇形成的涌浪。这些上下翻腾的涌浪毫无规则,高达十几米,向他们袭来,使他们在风浪中颠簸飘摇。上校当机立断,命令每一只船都伸出两支触臂,船队彼此连接,组合成了一艘坚不可摧的巨型连锁洋轮。而当洋流为他们送来那些在碧蓝的海面上因为阳光的照耀而显得晶莹剔透的一座座小冰山的时候,他们又还原成一只只小船,借着强劲的风力灵活地在浮冰间穿过。

很快,洋面上的浮冰越来越多,汇集成了密集的白色冰障，但这也难不倒生来注定完成最辉煌伟业的战士们。他们把自己化为一摊薄薄的液体，像油一样贴着冰面有条不紊地静静流过。这样子的变形，加上寒冷造成的黏性增加以及冰面的摩擦，耗费了他们许多能量，但是只要太阳还会出现，他们就有足够的时间来积攒动力。

即使面对这样艰巨的考验，他们依旧保持着军人的荣誉，发扬着令人肃然起敬的坚毅作风，在这巨浪滔天的世界里努力保持着队形，永远不会丢下任何一个人不管。如果有谁感到自己的体能不够用了，周围的人就会靠过来和他对接，彼此共享着能量，直到太阳再次给他们足够的温暖。虽然不能说是兄弟般的情谊，但是这么多年来，他们一直懂得要彼此帮助，因为他们是战友，是伙伴。

他们就这样永不停歇。他们是坚强的勇敢的无畏的，从没有也许永远都不会有任何人和任何事物能战胜他们。他们在浓雾弥漫的海洋上同舟共济乘风破浪风雨无阻。就这样，在上校的带领下，经过几十天的航行，他们看到远方现出一片陆地。

他们登上一片裸岩，看见一个冰雪覆盖的世界。面对这个从未有人到达过的土地，上校想到的第一件事是，国王一定乐于知道自己的帝国还有这样一片不为人知的神秘大陆。上校知道自己有权利为它命名，于是叫它：冰陆。

根据对这里气候的初步了解，上校判断冰陆极不适合生命的发展，也就是说，他们找对了地方。考虑到这片陌生的大陆可能有的难以预料的情况，他们建造了一个简单的基地，以便发生意外的时候在这里会合。然后部队稍作休整，就毫不迟疑地出发了。这一回，上校决定放弃以往那种地毯式的搜寻思路，逻辑不排除合理的猜测，如果指挥部的假设不过分的话，寻找地狱的最佳地方就是这个世界的尽头——冰陆的极点。

于是这一群不生不死的人，这一群幽灵，闯进了未知的冰冷雪原。这片千百万年来都在安静沉睡的冰雪世界，迎来了它的第一批客人。

6

不少时候他们看不到太阳。

风雪总跟着他们，变形的能力开始显现出重要性。他们有时候步行，有时候把双脚变成雪橇的形状，在较为平坦的雪地上滑行，有时候则变成一把把锐利的刀子把自己扎进地上的冰霜中来抵抗暴风的袭击。冰陆的风非常强劲，这些沉甸甸的冷空气从高原上稳稳地飘过来，随着地势的陡降形成猛烈的大风。有时候天空突然变得阴沉昏暗，接着刮起一阵足以将他们全部掀飞的风雪，他们只好降低重心，用"刀脚"牢牢地抓住地面的冰雪。就在这里，他们在风雪的侵袭下，在严峻的事实面前，开始充分发挥自己的想象力，把自己变成各种各样的形状。上校越来越清楚地意识到，他们身上有着相当可观的潜力等待开发。

他们来得很是时候，冰陆的夏天已经开始了。虽然经过这一路由低纬到高纬的变化，上校和他的指挥官们已经推测出极地的昼夜情况，但是当亲自体会了太阳整日不落的极昼时，他们还是感到一种可以认为由满足与和谐产生的叫作高兴的情绪。太阳就在地平线上不断地绕着圈子，在天幕中画出一道北高南低的倾斜的椭圆轨迹。日照量显然很低，不过，持续不断的能量补充多少弥补了这一缺憾。走在这没有硝烟没有污浊没有欲望甚至没有痛苦的洁白纯净的世界里，影子就在脚下按逆时针方向不断变幻位置。他们终于暂时摆脱了黑夜，可以日夜行军，可以体现他们那机械般的执着和不知疲惫的优势,在这片无人能够生存的白色荒原里孤独地、坚定不移地前进。

但这里并非死寂,他们看到了许多生命。根据简单的命名法,他们管它们叫雪鸟、雪燕、雪鹅、雪豹、雪狐……看见散落四处的尸骨和残骸,上校才明白,即使到了世界的尽头,也一样存在着无情的杀戮。

不过这些冰陆上的土著居民,依旧自由自在地生活在自己的王国里,对这些闯入者表示了充分的冷漠,只有那些胖乎乎懒洋洋的雪豹会偶尔赏脸,抬头望他们一眼,接着就趴在冰上,不再看他们。这一群不速之客,没有引起丝毫恐慌,似乎他们只是一群无声的鬼影,而它们则对虚幻的事物视而不见。

天气异常寒冷,变化无常。有几次,铺天盖地的大雾突然袭来,空气中充满了无数细小的冰晶,像千万个小镜子将光线散射开来,和地上冰雪反射的阳光混在一起,于是四周弥漫着一片雾蒙蒙的白色,天地之间浑然一体,他们如入云雾之中,分不清哪里才是地面。在这片乳白色的包围中,上校冷静地命令所有人停在原地。大雾有时候可以持续几十个小时,大家握着身边人的手,安静地站在原地,耐心地等着。就是在这无声的等待的时间里,上校意识到自己开始用"一团牛奶"来试着进行比喻了。

他们坚定不移地朝着极点前进,沿途却不忘勘查着那些在冰的裂缝纵横交错的地方形成的在斜阳照射下如水晶宫般光彩夺目的洞穴,不忘巡视那些由冰下河流侵蚀而成的从洞口看去光线由明变暗的地下长廊,他们甚至检查了一座矗立在天际冒着巨大烟柱的火山,但是依然没有找到像地狱之门的入口,于是他们没有留恋那奇丽的景色,继续奔赴极点。

气温变得更低,这对他们很不利。地上的雪变成了坚硬的冰碴,黏着他们的身体,迈出每一步都变得更加困难。过低的温度使他们的身体变得僵硬,为了保持头脑的清醒,他们不得不耗费一定的能量来暖身子。现在他们不能进行复杂的运算,只能机械地向着极点缓慢地前进。

开始有人掉队了。个人能力的差异显露出来,某些人的能量用得比别人更快,于是队伍不得不停下来,迎着风筑起雪墙,抵挡肆虐的风雪,然后静静地等着太阳为他们补充能量。还有更糟的事:有人掉进了冰盖的裂缝中,没等他来得及做出反应,受到震动的裂缝很快合拢,尽管他迅速地化为液体,努力沿着缝隙向上攀延,但是由于能量耗尽,最后还是停了下来。上校果断地命令几个能量富足的人立刻化为液体沿着缝隙与他会合,这样才好歹把他救上来,部队不得不全军休整了一天。

而时间在流逝。夏至已经过去了,上校预料到,在不远的将来,会有一段长长的黑夜笼罩大地,他们必须尽快到达极点。不过即使是这样严峻的时刻,上校还是注意到,在风速已经显著减小的高原腹地,晴天的时候空中徐徐飘落着细小而明亮的冰晶,像钻石一样折射着五颜六色的光芒。每当此时,上校总是一边望着漫天的钻石雨,一边想着什么叫作美。

一件意外:冬天来得比他们预料的更早。路上的勘查和休整耽搁了时间,夜晚开始降临了。他们又看到了那漆黑的夜。起初只是一会儿,接着白天越来越短,黑夜越来越长。他们在风雪寒霜的重重包围下,前进的速度变得更慢。黑夜降临的时候,部队不得不停下来休息。白天补充的能量显然已经入不敷出,上校意识到,有些人已经不可能走到极点了。事实上,从黑夜来临的那一刻起,队伍就难以再维持严整的队形。他们像一群在长跑中力气渐渐耗尽的人,彼此之间的距离慢慢拉开,不再有方阵,而是排成了一条线。后面的人越走越慢,然后在某一个时刻,能量完全耗尽,于是戛然而止,一动不动地立在那里,好像一座石雕。风雪围绕着这个凝固的幽灵，迅速将他冷却，一层一层地包裹住。然后扑通一声，他被吹倒在地上，不能再起来。

没有人能帮助别人了，每个人都无法维持自己的需要，只是无怨无悔地继续跋涉。开始的时候队伍越拉越长，接着后面的人一个个倒下去，队伍又开始收缩。走在最前面的是上校，他早就想到一个问题：作为部队的最高指挥官，为了确保每个人都真正完成了死的任务，他不得不保证自己最后一个死去，因此他拥有最多的能量，缓慢地走在队伍最前列，朝着那个世界的尽头，一步，一步。

就是在那些残酷的夜晚，上校第一次见到了那种绚丽夺目的极光。在晴朗无云的夜里，天边会出现那如烟火般美丽的光，有时候是白色和蓝绿色的，斜挂在天际，呈现放射状，有时候是七彩的光带，飘飘忽忽地从天空的一端贯穿到另一端。光的强度并不高，对他们来说基本没什么帮助，但是当那黑色的天幕中出现这样瑰丽的巨大光环时，整个冰原都被照亮，上校停下脚步，听见噼噼啪啪的声音，抬头仰望着天上那缤纷的色彩，注视了很久很久。

太阳不再升起，黑夜完全笼罩了大地。在快要到达极点的时候，上校听见身后的脚步声渐渐被风声掩盖了，上校不用回头也知道,那是一路坚持跟着他的最后一位副官,如今只剩他一人,在这片前所未见的黑夜和不曾被人体会过的寒冷中艰难地迈进。每一步都很吃力,上校知道自己的体能快要耗尽了,但他仍然执着地挪动着身体。不曾体验过的低温,让他全身僵硬,思维开始变得迟钝,只是模模糊糊有个命令,告诉他要前进,不停地前进,即使耗尽能量,即使到了……对了,即使到了死,人们通常是这么说的。难道说,这样就可以算是死去了吗?上校忽然意识到,也许这就是他们一直在寻找的死亡,但是他无法清楚地思辨,双脚仍旧机械地迈着沉重的步子。

终于,极点到了。

现在他站在了整个星球的端点上,周围仍旧是莽莽冰雪,没有什么地狱的入口,更没有天堂,只有无法想象的冰冷。就在此刻,在这无尽黑暗的宇宙中,星球还在绕着自己的轴旋转,整个世界都跟着一起旋转,这转动从这个世界诞生之日就开始,不曾停歇,可如今他虽然精疲力竭,却毫不动摇地站在这里,不再跟着万事万物转动,避开了那持续了亿万年的眩晕。

又一阵暴风雪袭来,上校知道自己没有力气了。他没时间思考这样是否算是死亡,只是把脚变成两把刀,用最后一点能量把自己植入这坚硬的冰盖,然后抬起头,仰望夜空。

上校在寻找,他想在合上双眼之前再看一看那炫目的极光,他没有看到。只有风雪向他袭来,围绕着他飞舞,给他涂上一层又一层冰的铠甲。他合上眼,然后像一座冰碑一样矗立在这无尽的黑夜里。

# PART II

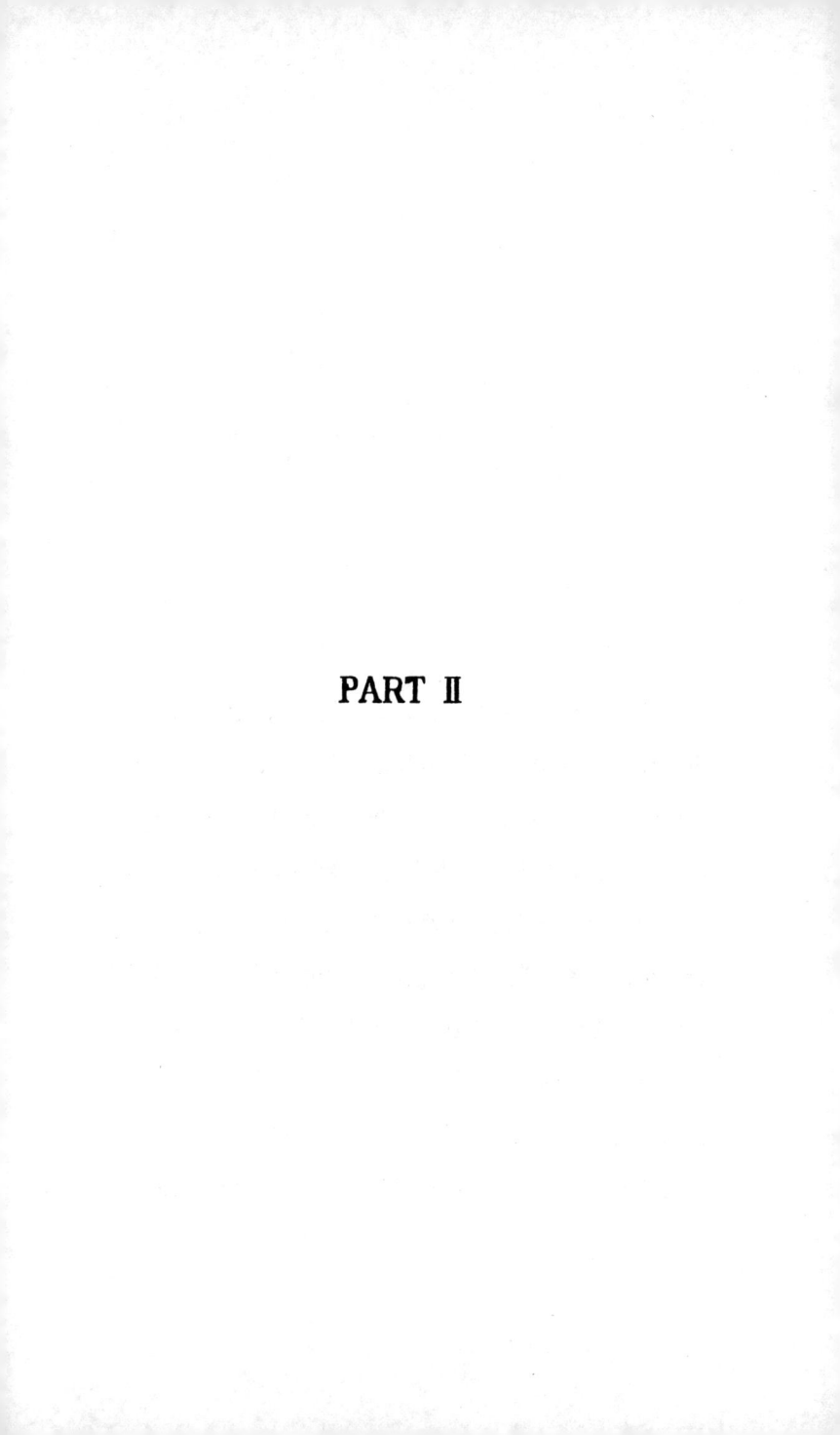

**A**

国王并不相信巫师的话,但他仍然喜欢让他们为自己表演那一套玄妙的把戏。西风渐起的时候,夕阳又一次落向山的另一边,同时把一抹柔和的光辉投向宫殿那花岗岩铺成的地面,映红了墙壁上那些金壁辉煌的图画。这时候,国王把那些长得永远都没法读完的奏折推向一边,看着一个披着黑色斗篷的巫师在一个透明的水晶球前面伸开双臂。国王好奇地盯着那个开始变幻莫测的水晶球,于是他看见了自己的祖先是如何建立起一个庞大的王国,看到他们如何一步步地向外扩张边界,看到自己怎样继承了王朝的使命,给一个个城池点燃战火。国王看到了过去的一切，但是没有看到那些不死者。

巫师说，一切虚幻的东西都不能看见。

之后的图案变得诡异，国王只能看到一堆浓艳的色彩和线条彼此纠缠，好像许多不同颜色的染料在一起融合。这是只有巫师才能解读的未来之事。

国王用询问的目光打量着巫师，然而对方并没有开口。国王知道巫师不敢说出他看到的东西。

不用巫师的预言，国王也知道，从没有一个帝国能够长存。王国越庞大，需要支撑它存在的结构就越复杂，在这错综复杂如谜团一般的结构中，总有些零件会彼此冲撞，互相损耗。那些不断滋生着的霉菌，也会悄悄地腐化这庞大身躯的肌体。正如任何一项伟大的事业总是难免毁于自己巨大的光荣，总有一天帝国沉重的身躯也会把自己压垮。

"我只想知道它是如何灭亡的。"国王终究无法抵抗自己的好奇。

"陛下，"巫师闪烁其词，"事物常常毁于缔造它的人。"

当没有什么东西可以给他征服的时候，国王开始以一种玩游戏的心情治理整个王国。让所有阳光能够照到的土地上结出丰硕的果实，让一排排仓库装满粮食，让每一处有人居住的地方都歌颂他的名字……这些想法偶尔也会激起他当年金戈铁马征讨四方时的激情。但是激情从来不能持久，国王有时候也会自问，为何要给自己找来这样的不幸和烦恼？本来，也许这项伟业永远都不可能完成，他将永远走在不断征战的路上，感受辉煌和胜利的喜悦，但是，两个神秘的人结束了这一切。他们宣称自己可以帮助国王完成使命，一个为他制造了那些不可思议的战士，那群不死者很快让战争变得无味。另一个，用他的智慧帮助国王处理疆土上每一件重要的事。如今，前者已经死了，后者则依旧每天向他汇报着帝国的情况，偶尔还陪他下下象棋。

宰相走进来的时候，看见国王正伏在案上沉思，时间已经开始为这位英名永垂的君主染上白发。宰相欠身："陛下，他们回来了。"

国王依旧摆弄着手里那颗用象牙雕成的棋子，头也不抬地说："这么多年，还没死掉吗？"

"确实如此。"

"我听说，他们四处寻找地狱，甚至到了一片未知的大陆?"国王拿着棋子,在棋盘上轻轻地敲着。

"人民都在谈论这件事。"

"不错,"国王终于抬头,嘴角露出一丝淡淡的微笑,"呵,他们为我的臣民上演了一出喜剧。那就让我们继续看下去吧。"

"恕我直言,"宰相低着头,因此国王没有看到他皱着的眉头,"他们还是有价值的。您大可不必担心,他们不会构成任何威胁。"

国王没有开口。

"一个只知道服从的东西,根本算不上是个人。"宰相还想做出保证。

国王一摆手:"不,让他们继续吧。"

**B**
# 第二定律

*当你的伙伴有难时应该去帮忙。*

*——不死者第二定律*

受益颇多。

首先值得一提的是,此次行军中,我们一直遵守着第二定律,互相关照。在允许并且有实际效果的情况下,我们从未丢下任何一位伙伴。极地之行给了我们许多启示,我们觉得,相互扶助并不是简单地遵守命令,我想人们会称之为友爱。我们以前觉得第二定律是一条"良性"的法则,而如今我允许自己使用如下说法:这是一条好的法则。

这一路,我们经历了常人无法想见的险恶,确认了身体具备极为优良的性能。即使在那片茫茫冰陆,在那世界上最寒冷的地方，长久地沉睡在那充满了威胁和敌意的黑夜中，我们仍然毫无畏惧地等待着。当漫长的极夜终于过去，太阳重新出现在地平线上，我们又苏醒了。在约定的地方，每个人都安全地返回。原来那一切，不过是暂停，我们永远有机会"复活"，显然这不能叫作死亡。

本来我们还计划着向海底进军，这不难，只要从沙滩上出发，沿着大陆架一路走下去，就能到达连阳光也无法穿越的幽深的海底，那将是另一片神秘的世界。永远也见不到阳光，似乎是个不错的主意。但如今我们已经放弃这一计划——那里也只有沉睡而已，没有死亡。

事实上，我们越是寻找死亡，结果就越证明了闭合定律的稳定。我们在整个星球漫步，愈来愈清楚地发现自己的存在是一种异常的现象。这个道理是被普遍认可的：任何生命，都不能永存于世，每一个活着的人，都必定等待死亡的结局。然而我们这一群"人"，我们存在，但我们却不能死去。有些人类的哲学家，他们相信宇宙中存在着一种超乎其他一切的永恒的精神，或者说一种意志。那么，父亲创造我们的根据——闭合定律，是否就是这种宇宙精神呢？我们不知道。只是，我们也许要和天地一起永存，直到太阳也灭亡的那一刻。

因此产生了一个疑问：既然凡是活着的都要死，那么，我们究竟是不是活着的东西呢？

尚无答案，但是大量的事实使我们终于明白了一件事：以前走错了方向。既然只有对活着的东西才能谈论到死亡，那么我们就应该返回头，到活着的人中间去。

要想找到死，必须先找到生。

——《上校日志》

# C
# 在生存那边

**如果他们说你们去死吧,我们就得去死;如果他们说你们活下去,我们就得活下去。**

——伯特兰·罗素

## 1

卡波诺并不是真正意义上的城市。虽然这里也有城墙,有集市,也有过一位总督,但那些曾经从此路过的人,都惊讶于弥漫在这个空旷城市内部的原始情调:城墙已经破落不堪,从来没有被修护过;城门永远大开着,从不拒绝任何一位来访者。沿着碎石铺成的马路走上半个时辰,你才终于看见有人居住的房舍。你来到集市上,却只看到悠闲的人们三三两两地聚在一起,一边聊天一边晒着太阳。你走到他们中间,悄悄地坐下来,没有人会在意一个陌生人的加入。你仔细听着,却只听见最寻常不过的话题:某个人梦见了丰收的景象;两个青年人为了一个美丽的姑娘而较量;一位离群索居的老太太头上永远蒙着黑纱;那些很久以前出去却至今没有回来的人……人们来集市并不是为了买卖,而是来交换彼此的话题,然后再到另一个集市闲谈。

种地吃饭睡觉,人们过着简单的生活,满足于自己劳动换来的平静安宁。至于那些生活的必需品,有时候彼此交换,有时候干脆互相赠送。这时候你才明白,这个城市被一种自然的力量包围着,那种在别的地方促使世界朝着文明的方向进步的所有动力,在卡波诺一律受到了抵制,这种力量瓦解了那些曾经的人为努力,使卡波诺安详地停留在一种自然而然的生命状态下。作为城市的卡波诺已经死去,现在的卡波诺,不过是寄居在城市躯壳中的一个小村落。

国王的大军来到卡波诺的时候遇上了一片荆棘丛生的密林,他们不得不一边挥着宝剑劈砍一边前进。城里的人们对于城头上悬挂什么样的旗帜丝毫不在意,国王觉得这里的人民很温顺,于是无暇多想,留下了几个官员后就带着大军匆匆离开了。国王那神圣的意志刚一远去,那片不久前开辟出来的小道立刻被仿佛施了魔法一样迅速生长出来的植物吞没了,从那时候起就再没有人能从那片密林中走出去。

第一任总督试图按照帝国的规范来建设这座城市:制定法律,铸造钱币,规范文字……本地的居民没有异议。然而,当总督垂危的时候,却没有找到一个人能够走出那片让人迷失方向的丛林去首都送信。实际上,国王曾派了许多官员去各地视察,负责到卡波诺去的那位文官带着随从走了一年也没有能够找到地图上的这个城市,最后他认定这不过是一个记录上的失误:卡波诺并不存在。国王也很快忘了这件事。于是人们又恢复了无政府的状态,总督的一切努力都被一种拆解的力量消磨殆尽。人们回到了从前那种生活。慢慢地,大家也忘了城墙上为何要挂着一面破旧的旗子,没人再关心那块彩布了。

当上校的部队顶着夏日午后那耀眼的阳光从平原上走过,穿越了如迷宫般的层层密林,从桥上过了河,穿过那片庄稼地来到城门前的时候,卡波诺还在美梦中安静地享受着午睡的甜蜜。将士们走在碎石路上,单调沉闷的步伐声惊醒了卡波诺。一个在土墙根儿下打盹儿的老头子睁开了眼,抹了一下口水,迷离地望着这群远道而来的军人,努力地辨认着他们那似乎用一个模子铸就的面孔，直到他突然间清醒过来，两只眼放出一阵已经消逝了多年的激动的光芒，仰起脖子大喊了一声："来客人了！"

洪钟一样的叫喊仿佛将卡波诺从千年的失神中唤醒，整个村子沸腾了。一扇扇木门噼里啪啦地全都打开了，面容黝黑身体健壮的男女老少拥上街头，愣愣地站在那里贪婪地围观着这些陌生的来客，他们已经很久很久没有见过从外面来的人了。

## 2

卡波诺人对生死之事处之泰然。他们从不节育，但是死亡率很高，因此人口总是维持在一定的水平。在生与死的平衡中，那种无处不在的自然力量不但能够瓦解进步的努力，而且消融了一切明晰可言的宗教实体，人们浑然无知地与宇宙交流，听凭身体产生各种模糊的感情冲动，安然地享受生活，安然地撒手人间。当然，这并不意味着他们不敬畏神灵，所以当他们听说了自杀委员会这件事后，自然就一致认为，这些怪人简直就是发了疯。

事实上,就连上校自己也是最近才明确地意识到,他们需要的,其实就是人们常常谈论到的并且视之为罪恶的自杀。通常在人类身上,这种主动结束自己生命的看似矛盾的举动被认为是一种精神错乱的表现。其实,在上校带着部队历尽艰辛劳而无功地寻找着地狱或者死亡的后期,他已经开始认真琢磨除了把死亡视为可能遇见的某种事物外,"去死"是否还有别的更深层次的意义。也许他们以前犯了望文生义的错误,"去死"可能并不是指"去(寻找)死"或"去(到)死(之地)"。最后上校终于确信,国王要他们做的不是寻觅什么,而是了结自己,仅此而已。

上校对于能够重新领悟命令的含义感到满意,在卡波诺住下来的当天,他就召开了全体动员大会。与会的每一位都是帝国的功臣,顽强不屈坚韧不拔的战士,曾经赴汤蹈火万死不辞,都是响当当的无名英雄。现在大家被明白无误地告知,他们的任务就是:自杀。上校继续说,为了搞清楚死的确切含义,他们应该在卡波诺和人们一起生活,努力把自己融入到人们中间去,按照他们的样子生活,尽量体会那种让人们活着并试图活下去的精神,最终弄明白活着究竟是怎么一回事,估计那时候死就是很容易的了。

阿木法长老是村子里最有智慧的人,是卡波诺的精神领袖。长老听说上校他们是"上面"派来执行任务的,当即把一些无人居住的空房分配给部队,并且温和地表示愿意尽一切努力配合他们的工作。上校对长老的热情表示了感谢,开始着手干了起来。首先选定一间木房作为定期举行官方会议的指定场所,并在门口挂了一块木牌,上书"神圣帝国第二步兵团特种部队暨荣誉兵团王牌别动队自杀行动军事委员会"。上校制定了委员会的章程,要求每一个成员在规定时刻到此处开会,就生存、死亡以及自杀等相关问题进行经验交流和理论研究。其次把他们一直随行带着的那些乱七八糟的书籍搬到另一间作为资料研究室的屋里整理分类,这些书跟着他们走遍了大半个帝国,但保存得很好。许多年以后,卡波诺成为真正的繁华大都市的时候,人们还能在那座以上校的名字命名的图书馆里看到这些珍贵的资料。

阿木法长老虽然见过不少世面,但是当有村民惶惑地向他反映那块莫名其妙的木牌时,他还是急匆匆地找到了上校。在自委会那刚刚打扫干净窗明几净的房间里,上校正认真地研究着一本哲学著作。长老不客气地坐下来,一边擦着额头的汗水一边请上校就那块牌子的内容做出解释。上校合上书，礼貌地回答："我们的任务就是自杀。"

尽管上校竭力向长老解释这个任务的严肃性和神圣性，但是从那一天起，人们开始用冷漠和不信任的目光盯着这些外来分子，相信他们有某种不可告人的企图，因此一见到他们就躲得远远的，家家户户紧闭门窗，这在卡波诺还是头一次。不过这点小小的挫折没有影响上校的信心，他立刻开始策划自委会成立后的第一次大行动：参加劳动。

秋天已经来了，地里最繁忙的时候到了，每户人家都忙着在城外那片肥沃的土地上收割粮食。上校坚持要把自己的人混编到大伙当中去，帮着众人一块干活。阿木法长老没办法，只好同意他们加入收获大军。虽然来了帮手，可大家还是一肚子不满，又不敢说出来，只好一边弯着腰干自己的活儿，一边偷偷观察这些严肃神秘的家伙。为了融入人民，上校让士兵们变成一副老百姓的打扮，这反倒把大家吓了一跳：他们可从来没有见识过可以随意变形的东西。有些士兵因为用不惯发给他们的镰刀，干脆把自己的手变成锋利无比又能收放自如的快刀，笨拙地割着麦子，结果人们惊叫着扔下手中的工具，四散而逃。上校不得不花费了整整两天的时间跟阿木法长老解释他们身体上的特殊性能,长老还算脑筋灵活,终于接受了这个事实,然后长老又花了两天的时间跟大家解释。人们吃惊地听着这种超乎想象的事情,对上校的部队的态度由一种敌意变为夹杂着些许恐惧的敬畏,一名妇女虔诚地感慨道:"这么说,他们并不是人啊。"

很快村民们就恢复了平静,就像他们习惯一切其他事情一样见怪不怪了,不过此事仍然在上校的日志中留下了这样的一笔:"人类不能按照意愿改变自己的形态,这构成了他们对世界的一种基本看法:可以依赖某种习惯性的经验。他们以此来对事物做出判断。"

## 3

一阵秋风吹过,金黄的麦浪在上校眼前涌动,让他想起了在极地的海上漂荡的那些日子。在大伙放下锄头坐在地里抽着烟袋聊天的时候,上校总是一边默默地听着人们的闲谈,一边随手捡起地上的一块土块儿,慢慢地搓碎,同时思考着自然界的规律。他在相似事物之间看到了不同的内容和相关性：麦浪和海浪具有着同样的表达方式，但前者的每一点都留在原地震动，而后者则在风的推动下以更为复杂的方式向前推进。当然从这里得不出多少有意思的结论，村民的话更有研究的价值。上校是个好的听众，他乐于倾听，不时地应一句以便使谈话保持下去。村民们对这些大兵的学习能力感到惊讶，他们没用多久就掌握了干农活的技巧。人们很快就对这些会干活不吃饭的劳力产生了好感，慢慢地把他们当作了卡波诺的一群新成员。

上校感到自己认识世界的愿望变得更加强烈。他们一丝不苟地劳动，仔细记录发生的每一件小事。到了晚上，人们吹灭油灯进入梦乡的时候，上校就在自己的屋子里整理着白天的记录，研究着人们的生活，不断得出新的结论："我们还不能体会人们劳动时的喜悦。人类不能直接以太阳能为生，只能通过劳动来维持生存。劳动于是带来喜悦和满足感。人们活着，目的是为了通过劳动活下去。"

卡波诺的秋天总是拖得很长，人们有足够的时间来为过冬做准备。村民们忙着把最饱满的种子留下来，其余的则磨成面粉用来烤面包，再用盐和蜂蜜把蔬菜和水果腌好。丰收的喜悦陶醉了整个卡波诺。月亮最圆的那个晚上，全村的人都聚集在城市的广场上，燃起篝火庆祝。阿木法长老热情地邀请上校一同参加，于是这些不食人间烟火的战士坐在人群中，默默地观看着人类的喜悦。长老当众对部队表示感谢，用村民们自己酿制的葡萄酒敬上校和全体将士。上校谦逊地点点头，端着酒杯却不知怎么喝下去。

人们开始唱起歌来。乐器奏出欢快的音乐，在酒精的催动下，情绪高涨的人们跳起了舞蹈。上校一只手稳稳地端着酒杯，杯里的红酒纹丝不动，他一边一如既往地保持着清醒，一边在心中修正自己的观点："人们劳动为了生存。需要补充：他们只有在劳动中才能体会自己的存在，人们不行动就不能证明自己是活着的。收获不仅仅带来食物和安全感，它意味着更多……"上校来不及多想，一个年轻而健康的姑娘欢笑着跑到上校的身边，问他愿不愿意一起跳舞。借着火光，上校看见姑娘的双眼清澈美丽，想到自己作为一个指挥官，应该为士兵们做出榜样。"要知道生活是一件复杂的事，我们应该全心投入其中。"上校对自己说，同时放下酒杯，站起身，学着别人的样子挽起姑娘的胳膊，转着圈跳了起来，人们开始为他鼓掌。

由于习惯了严谨的作风，上校的步子难免过于僵硬，逗得他的舞伴大笑起来:"您别把它当打仗啊,自然一些,随心所欲地蹦跳就行了。"上校琢磨了一下,决定随机地迈动双腿,于是显得愈发古怪。姑娘清脆的笑声更加响亮,她乐得透不过气来。上校为自己的笨拙道歉,姑娘露出两排整齐漂亮的牙齿,快活地问:"您总是那么严肃吗?"上校礼貌地回答:"是的,严肃对于军人来说不是坏事。"姑娘天性活泼,喜欢跟人开玩笑,于是问:"我能摸摸您的脸吗?"上校没有拒绝。姑娘慢慢伸出手,轻轻放在那张在火光的映照下显出金属光泽的刚毅的脸上。她感到一种冰凉而细腻的质感,忍不住又笑了起来:"您一定有一副铁石心肠。"上校感到脸上有一种温热的感觉传遍全身,没有回答,他知道自己没有心肠。

4

大雪覆盖着的卡波诺一片安详。人们守在自己的家中,一家人围坐在炉火旁。孩子们吃着蜜饯果,妇女们缝缝补补洗洗涮涮,用双手编织着她们的生活,男人们无事可做,偶尔去山上碰碰运气,看能不能打到一两只野兔，其余的时间则聚在一起玩一种简单的纸牌。因为没有真正流通的货币，就用实物作为赌注：一把总督时代留下来的铜镜，一枚不知哪个王朝铸造的银币，一顶保存完好不知何人戴过的头盔或者一张更为古老的写满神秘符号的羊皮纸。这些在卡波诺没有使用价值的稀罕玩意儿，一直被当作筹码来用。纯粹为了消遣，没有人作弊，所以每个人输赢的机会都大致相同，因而每到冬天的时候，这些逝去年代的纪念品就会在村民中间不断易主，在卡波诺旅行。

在上校看来，纸牌游戏不过是一些简单的算术游戏，帮不了他什么。为了很好地了解人类的生活，有必要深入学习人类创造的文化。于是整个冬天他们都在资料室里反复阅读随行带来的书籍，包括古代的哲学著作以及炼金术士玄奥的笔记，甚至历史著作和戏剧。

他们的另一项工作是整理笔记，这是他们寻找地狱的一路上记录下来的各地情况。上校给他们分工，每个人负责不同地域，然后把资料汇总，再以一张古老的帝国地图为基础，重新绘制一幅更为精确的地图，并在上面标出他们的足迹。他们就这样在资料室里认真地忙碌了一个冬天，偶尔走出屋子晒晒太阳来补充能量。人们对于他们的古怪行为早已习惯，只有那些调皮的孩子喜欢溜出家门，偷偷来到自委会的小屋外，嘀嘀咕咕地猜测着里面的情况。胆子最大的小男孩名叫布列多，有一双大眼睛和一头卷发，脏兮兮的小脸上偶尔会露出一点狡黠，他是第一个敢钻进上校房子的孩子。当时上校伏在工作台上认真地绘制着由他负责的极地地貌图，一束夕阳的余晖透过那扇高高的小窗户，照亮了一根飘浮着尘埃的光柱，一个棱角分明的男人正低着头在一堆羊皮纸和直尺中间研究着，这幅景象永远地留在了布列多的脑海中。

　　从那以后，上校的工作进度就慢了下来，因为常有许多小孩子跑到这里听他讲故事。上校从他们第一次走上战场开始，一直讲到极地冬季里漫长的黑夜。他讲的全是真实的过去，然而在这群与世隔绝的孩子看来，那覆盖着白雪的高山，冒着气泡的沼泽地，喷出可怕熔岩的火山以及风雪不断的冰原，就是一个个童话般的世界。

　　不过孩子们似乎对于某些细节感到了困惑，他们惊讶于地球的端点处竟然没有万丈的深渊或者支撑着世界的怪兽。后来他们问及为何会有那样子的昼夜交替时，上校终于明白，原来这里的人们对世界的认识还是那么古老，以至于他们根本不知道地球是圆的。

事实上，不光是卡波诺人，那时候地球上其他地方的人对于许多上校以为众所周知的学问都几乎一无所知，人们对自然的了解还很片面。想到这一点，上校有了一个主意。他们把旧督政府的大礼堂清理出来，可惜的是没有发现能够书写的纸墨。于是村民们看见部队带着从阿木法长老那里借来的一整套家伙，不知疲倦地干了起来。他们带着斧子走上城后的山，回来时带着一捆捆的竹子，然后就开始制作起了竹简，把他们所知道的一切分门别类地刻录下来。阿木法长老实在忍不住好奇："您这是在干什么啊？"上校正在竹片上刻着一些他所知道的关于人类起源的神话故事，听见长老的话便抬起头来礼貌地回答："编教材。"长老更糊涂了："干什么用啊？"上校用手一指礼堂："办学校。"

## 5

卡波诺人对生活并无奢求，他们满足于自己从自然中领悟到的智慧，祖辈传承的经验足以应对这一小片天地里的变化。因此，他们不明白孩子们还能在学校里学到些什么。在这件事上,阿木法长老表现出智者的宽厚:他先是劝上校放弃那未免天真的想法,因为卡波诺几乎与世隔绝,那些在外界也许有用的知识在这里只会显得匪夷所思,而当上校用他那顽固不化的头脑坚持说知识有利于人们更好地理解生活,因此村民们应该懂得它然后返回头帮助上校和他的部队更深地了解生的秘密的时候,长老又跑回去劝说人们支持上校的想法。长老认为,既然上校别无所求,大家去听一听也不是什么坏事,没必要挫伤了钦差们的斗志。大人们对这些呆板的大兵是否也会感到丧气表示怀疑,不过还是耐不住长老和孩子们的热情以及好奇心的驱使,于是在阳光明媚的那个早晨全都去了大礼堂参加开学典礼。

上校首先感谢每一个配合他们工作的人,然后决定在第一堂课介绍一下大家生活在什么样的世界。他拿出一块已经准备好的画满了图案的方形木板,给大家讲地球月球和太阳的形态及其运动规律以及因此产生的各种自然现象。人们睁大了眼睛看着木板上的大小圆圈,一个个目瞪口呆。终于有一个头脑转得较快的男人听明白了上校的意思,忍不住大喊起来:"天啊,我们站在一个橘子上面。"人群中立刻爆发出一阵惊叹声,马上有人质疑:"不可能,大地是平的。"另一个人立刻推导出一个结论："这么说，只有橘子上面才有人了？"

上校意识到要解释清楚是不可能的，他自己对于父亲存储在他们脑中的一切知识从未产生怀疑，可他只把这些道理当作已知，而这些道理彼此之间是怎样的逻辑关系，从简单公认的事实到复杂抽象的定律是如何一步步推导的，他可是从来没有试过。现在人们提出了疑问，上校明白，为了说服他们，他可能需要从基本常识开始论证出万有引力的工作原理。

这一浩大的工程显然不在他的准备之中，上校只好选择别的方法来说明：因为球是一种非常完美的对称体，地球上的每一个物体自由落向地面的时候指向的并不是狭隘的"下"而是指向球心的，也就是说，为了保证宇宙的公正原则，在球上不存在上下之分。这种全新的方向感彻底颠覆了在场每一个人的世界观，不过上校无意间提到的这个"公正原则"倒是很符合卡波诺人的哲学精神，于是人们被说服了。

话说回来，真正让村民们放心把孩子送去学堂的，并非上校带给他们的那种新鲜却不实用的思想，而是长久以来对部队产生的信任。人们发现他们忠实可靠，从不发脾气,不会说谎,也不用武力讹诈,并且是会干活而不吃饭的好手,大家已经慢慢习惯于他们的存在并把他们看作卡波诺的一分子,所以在冬天孩子们成天无所事事乱喊乱叫惹人心烦的时候,大人们很乐意打发他们去上校的学堂待上一天。于是人们从孩子嘴里知道了两根刚直不阿的线是永远各走各的路,即使到了天涯海角最多也就打一次的招呼,知道了许多星星是比太阳还大的而月亮却是个不会发光的小骗子,知道了如果月亮在地球和太阳的爱情中插上一脚人们就能看见日食,还知道了地球并不是宇宙的中心而是像一只小船一样漂浮在宇宙黑暗的海洋上,太阳则像一盏指路的明灯,我们大家都坐在小船上,绕着明灯年复一年地兜着圈子。

不过,孩子真正喜欢听的还是关于战争和极地探险的故事。上校一遍遍地重复着那些描述,后来孩子们都已经能够把他没有创新的讲述熟记在心的时候,他们就时常跑出礼堂,在外面玩战争的游戏。有人扮演攻城的人,有人扮演守卫者,有人扮演会喷出火的怪兽,他们还时常为了扮演国王而争吵。每当此时,上校就拿起一块竹片或者木板,一边听着孩子们在冬日温暖的阳光下嬉笑,一边专注地刻起字来。

学校就这么稀里糊涂地上了一个冬天的课,上校因为没有经验,不成体系地讲了许多东西,孩子们因此学了不少七零八碎的学问。后来当大地开始解冻,河面的冰开始融化的时候,人们又准备忙碌起来了。即使上校曾经因为准确地预言了一次月食而声威大震,孩子们还是扔下他们的课本,和父母去地里干活了。那些知识很快就被忘得干干净净,礼堂里也空空荡荡了。

## 6

第一场灾难发生在冬天快要离去的时候。那天又下了白茫茫的大雪,孩子们去城外那条冻成冰的河上玩耍,只有布列多一个人来到礼堂,拿着一把削得很精致的木剑,央求上校教他剑术。上校本来打算讲讲光的传播原理,现在只能陪布列多玩了。对于攻城略地,布列多有一种直觉的天赋,他喜欢听上校讲解怎样排兵布阵,何时主动出击何时坚守阵地,唯一不清楚的是人们为何要打仗。关于这件事,上校没有办法解释,他只能告诉布列多:军人服从命令。

当时上校正帮助布列多纠正出击时手臂的姿势，外面响起一阵慌乱的脚步声。一个小胖子气喘吁吁地跑进来，惊慌地说："兰库……掉进……冰……冰裂了……"

上校和所有的士兵都跟着布列多迅速地赶到了河边，那里已经聚集了许多人，孩子们被命令待在岸边，大人们则铺上一块块木板，试着打捞兰库。春天似乎来得早了一些，看似坚实的冰面忽然破裂了。河水还很冷，最勇敢的人跳入水中也不敢停留很久。人们知道已经没有希望了，可还是在试着寻找。上校看见人们脸上的悲伤，还没有来得及下命令，一个中士扑通一声跳入河中。人们吃了一惊，上校沉默了一会儿，然后命令两名士兵下去帮忙。

早春的寒意笼罩着整个河岸，人们在一片悲凉中面色凝重。终于，中士露出水面，把冻得僵硬的兰库抱上岸。人们围拢过来，兰库的母亲抱住已经死去的儿子，失声痛哭。

卡波诺笼罩在一片悲伤之中。人们虽然已经看淡了生死，依然为小男孩的离去感到难过。这是上校到村子后第一次遇见死神，全体将士都参加了葬礼。昏暗的天色下，人们在雪地上缓慢行走。下葬的时候那位被悲痛击垮的母亲近乎失去理智地痛哭，这一幕长久地停留在上校的脑海里。那天晚上，上校写道:"死神无处不在，从不放过一个角落。人类的生命很脆弱，他们为了短暂的生活忙碌不堪，直到失去生命。死带给他们悲伤，一个人的死亡对所有人都是一场灾难。"

兰库的死带来的哀伤很快被另一场更为严重的灾难冲淡。那时候人们白天在地里干活，夜里睡得香甜，丝毫没有察觉到异常。好在上校一直保持着夜间留人执勤的习惯，他很快被勤务兵唤醒。那晚很多士兵因为白天帮着人们打土坯，体内的能量都不多了，但大家还是全都来到门外，看见了映天的火光。

不必下达命令，大家都毫不犹豫地冲向了火势最猛烈的地方。惊醒的人们慌张地跑出家门，迷迷糊糊地看着已经许多年没有发生过的火灾发愣，过了很久才明白过来，拿着所有能找到的木桶跑到井边。上校冷静地指挥人们救火，命令兵士们先抢救被火困在屋子里的人，然后再救财物。虽然发现及时行动迅速，但那年冬天有些水井枯干了，大火直到天亮才被扑灭，所幸无人受伤。

人们一个个灰头土脸，汗水和泥土混合出一道道污泥堆积在毛孔深处，大家表情尴尬地站在一片焦土之上目瞪口呆，仿佛在努力挣扎着从一场噩梦中醒来，却被梦拖向深渊。上校和他的士兵忙了一夜，因为一直被烘烤着，一个个全都没有了力气，两眼无神地僵立在地上一动也不能动，结果这帮英雄差点被悲伤的村民埋葬了。

## 7

大火烧毁了大部分人家那用木头建造的房屋，人们只抢救出一点可怜的农具和不多的干粮。最要命的是，储藏粮食的仓库也都被烧得差不多了，除了少数一点的残留，那些事关生死的有机物基本上化为灰烟，弥漫在空气中供人回味。在半个碳化的卡波诺面前，全村人都面临着饥饿的威胁。

上校也意识到问题的严重性，于是和阿木法长老商量如何应对这个难关。长老认为只能集中所有的口粮，定量分配，等着秋天的到来。上校计算了一下，认为人们可能挨不到收获的季节了，于是建议他们向别的城市请求救援。长老大吃一惊，因为他们从没有想过要和外界发生联系，于是没有回答。

上校并不迟疑，召集了所有将士开会讨论，大家一致同意上校的主意。于是他们留下了一个小队的人帮助村民们干活，其他人则跟着上校出发了。

虽然有大兵的帮助，但人们干活的时候还是越来越力不从心。他们每天只能喝一点点稀粥，干完农活之后已没有力气去修理房屋，晚上就聚在曾经做学校用的礼堂里，生起一堆火抵挡着初春的寒冷，熬过因为饥饿显得漫长的夜晚，期待着天气的转暖。孩子们经常去山上，寻找一些野果子充饥。后来人们干脆把地里的活儿交给了不怕饿的大兵们，自己则跑到河里去捕鱼。因为山林中的鸟兽正在交配，所以不到最后关头，人们还不愿意去山上打猎。就这样，大家想尽办法和饥饿对抗，一个个面容消瘦下来，皱着眉熬过了春天。

夏天到来之后，被饥饿折磨的人们变得暴躁不安。他们不再关心地里的庄稼，只想着捕捞河里的鱼，搜寻树上的鸟蛋和枝头的野果，恨不能吃光整个山林。卡波诺人的牙齿从未如此锋利，吓得豺狼都纷纷逃窜。人们目露凶光，四处铺设陷阱，急不可耐地宰杀、烧烤、吞噬能捉到的一切动物，然后把满手的污秽往身上一抹便昏昏睡去，听任垃圾在太阳底下腐烂。臭烘烘的气息在整个城市里蔓延，要不是长老带着大兵们及时清理，卡波诺早就被苍蝇和蛆虫吞没了。

就在人们快要把所有活着的生灵赶尽杀绝，甚至为了一点食物大打出手，形势快要失控的时候，在一个炎炎午后，有人远远地看见从河对岸密林里的一条不知什么时候开辟出来的大路中走出来一队人马。几乎已经被人忘却了的上校终于带着一袋袋的粮食、一群群的牛羊、一桶桶的红酒和花生油、一车车的水泥和工具、一箱箱的纸张和书籍以及他们那顽强不屈的刚毅品质，回到了卡波诺。

# 8

上校他们到了临近的几个大城市，那里的人压根没有听说过卡波诺。起初上校试图以帝国第二步兵团特种部队最高指挥官的身份请求当局予以援助，可惜人们早已忘记了上校和不死军团，总督甚至要把他们当作捣乱分子抓起来。上校于是改变策略，让将士们扮成雇佣兵，找了一份短途押运商品的活儿。他们轻松地击溃了途中遇到的强盗，接着用佣金向那些对他们感激不尽的商人低价买了几匹马和一些走俏商品，然后又改扮成远途商队，到附近的城市做起了生意。经过时间的检验，他们已经对自己掌握新事物的能力充满自信。确实如此，这些帝国的精英训练有素——搜集情报，分析市场行情，然后进行买卖活动，并且坚持着诚实的作风，很快赢得了信任，成为著名的大商队。如果时间足够，这样一支惹人耳目的队伍迟早会招来麻烦。不过，上校估计着卡波诺人快要撑不住的时候，就把所有的财产都变卖了，又开了一次拍卖会，用他们一直随身携带的帝国荣誉金质勋章换来一大笔财富，然后买了充足的食物和必备的工具，又招募了一队工匠，带着人马回到了卡波诺。

为了庆祝他们的归来，大伙狂欢了一天，喝得烂醉如泥。只有阿木法长老保持着清醒，认真地研究着桌案上的图纸。来自紧邻卡波诺的鲁比萨城的著名设计师与上校一起做了详细的勘查并借鉴了其他城市的经验，细致地规划了新的卡波诺。上校给长老逐一解释：人们将住上石头盖的房子以避免灾难重演，新的给水系统不但有利于消防而且将保证每一户人家都能喝上干净卫生的水，以往那些从家家门前经过的臭水沟也将被铺设的暗渠所替代，总之，重建之后的卡波诺将会是一座文明舒适的城市。长老费力地跟着上校的思路，心想这样的事在总督时代已经有过先例，历史正在重演，而这一回会因为上校那份从不气馁的决心有所不同吗？长老沉默良久，终于开口说愿意听从调遣。

人们又开始规规矩矩地干起活来，尽一切努力弥补地里的损失。上校则带着部下和招募来的工匠一块儿大干起来。他们马不停蹄地工作，拆掉了所有被烧得残缺不全的木房，去河边采来了一车车的石头。

从那时开始，仿佛有一种强大的活力注入了卡波诺。人们努力地工作，城里那种叮叮当当的建设声就再没有停止过。到处是搬运石头时咕噜噜的车轮声，工匠们砌造石头房子的喧闹声，士兵们为了铺设地下排水管道的挖掘声。在上校和工程师勘查了城后的那座高山，决定利用那贯穿全城成排生长的核桃树把山上的泉水引到卡波诺后，人们又听到了山泉在架设在比屋顶还高的核桃树上的饮水渠中流动的哗啦啦的水声。村民坐在家里，用手一拧水龙头，那围绕在城市上空的泉水声就伴随着清澈的山泉顺着竹子制作的管道流淌进每一户人家。这些悠扬的乐音又将和屋子里发出的各种乒乒乓乓的锅碗瓢盆互相碰撞的声音以及孩子们说笑打闹怪叫的声音混在一起，顺着每家每户的下水管道流进埋在地下的那些内壁涂抹了水泥灰的管道，轰隆隆地流向城外的河里，奔向大海。因此海里面的鱼儿常常能听见卡波诺的情人们的私语、男人和女人的争吵、老人在弥留之际的哀吟以及孩子们无忧无虑的欢笑。这些声音有些留在了大海的深处，有些则随着海水蒸发被海风送回了大陆。即使多年以后，遭受了一次次的磨难和重建，来到这里的人们依旧能从头顶上流动着的清泉中隐约听到卡波诺过去的秘密，人们可以仔细倾听、勾勒出许久以前城市的轮廓并想象着当年的祖先是如何努力建造一座新的卡波诺的。

在忙碌的建设中，上校和他的部队始终有条不紊，把每件事都安排得井井有条。他们全身心地投入到人们的生活之中，一点点了解着生命的内容，始终不忘自杀的使命。他们如期举行会议，讨论死亡的含义，得出更具建设性的结论：活着就是一种能够感知世界存在的状态并且可以通过行动来对世界做出反应，顺应的或者反抗的，使世界因为你变得有所不同。那么死亡就是你无法再感知并影响这个世界，因此他们应该寻找办法让自己永远对世界没有感觉并失去行动能力。上校第一个意识到：自杀本身是一种对世界的回应，是一种行动，因而越是努力寻死，他们似乎越是符合活着的定义。如果他们活着，就可能死掉，那么就应该更努力地寻死，更深入地探寻生的内涵，更努力地把卡波诺建设成一座理想的城市。"人类的经验表明，苦难有时候更有利于培养美德，但它并不真的使人愉快。毕竟，人们活着，是为了追求幸福。"上校写道。

卡波诺的重建工作进展顺利，因为它原本就是一座城市，许多项目只需将那些被人们废弃已久的旧设施略加改造就完成了。现在人们都住进了新房，城市里有了公园和喷泉，街道上干净卫生，但是不论从哪个方面看来它都不像一座城市：人们依旧保持着自己的生活习惯，大部分时间还是在城外的耕地上劳作，只有到了晚上才回到城里睡觉。这个村庄如今顶着一副更漂亮的外壳，显得不太协调。而那些干起活儿来喜欢大声吆喝的外地工匠一点也不喜欢这里的生活，不光是因为本地人对他们那粗俗的作风有意疏远，更主要的是卡波诺的生活过于简单，他们从上校那里领来的一袋袋金币什么也买不到，金钱在这里毫无用处。他们因此变得不满，工作的时候怨气冲天，唯一使他们迷恋的就是卡波诺人自己酿制的口感独特的葡萄酒。

每当夜晚来临,这群大老粗几十个人聚成一堆,喝得一塌糊涂,对着月亮大吼大叫,甚至躺在地上打滚。阿木法长老注意到这一点,及时提醒上校警惕潜在的危险,上校当机立断,在城市建设基本完工的时候付清了所有的工资,为了表示友好又额外赠送了两车的葡萄酒,于是这些浑身发痒的雇工痛痛快快地离开了这座让他们备感沉闷的城市。

## 9

就像所有走向文明的城市一样,卡波诺后来经历过许多磨难。那些可怕的天灾人祸给它留下了岁月的伤痕,但不论面临着怎样的危险,卡波诺人都顽强地支撑着,并且竭力保护着那座以上校的名字命名的图书馆。经过几次大规模的翻修,它从最初简陋的资料室变成了卡波诺的神圣殿堂,每一代卡波诺人在成长的过程中都要去那里接受文明的洗礼,获得对世界的最初认识。当然那是很久以后的事,眼下这里不过是一间朴素的木房,只有上校一个人在里面长久地沉思。

工匠们离开之后，那条通往外界的大道又一次迅速地被新长出来的灌木淹没，那片密林重新封锁了卡波诺，人们虽然再也不必跑到井边打水，但是生活似乎又朝着安宁的沉闷中慢慢地滑了过去。部队的努力看来又要被那种无形的力量消解了，对此上校倒是不在意，他和士兵们整日待在自己的房间里，读着他们新买回来的书籍，研究着人类的生活，对那些涉及死亡问题的著作看得尤其仔细，并在不时举办的读书会上认真讨论。

在空闲的时候，布列多和其他孩子经常跑来玩耍。他们和上校互相学习：上校给孩子们讲一些历史和物理知识，孩子们教上校说俏皮话："不用说'是的'或者'不'，你可以冲着讨厌的人大喊'见你的鬼去吧'，这样听起来可带劲了。"然而上校觉得这样的口气有损军人的威严，所以始终没有学会。

现在人们已经无意识地把上校当作了实际的首领，而年迈的阿木法长老则变成了卡波诺的象征。更多的皱纹爬上了长老的脸，在纵横交错的褶皱中，智慧和安详找到了足够栖息的地方。每天下午从午睡中醒来后，在已经变得不那么刺眼的阳光下，长老习惯于悠闲地走在新的卡波诺那整洁的路上，在斑驳的树影和整个城市上空那叮咚作响的泉水声中游走，很满意自己能在有生之年看到这个地方变得如此美好。

日子就这么一天天地过去了，不死者对时间的流逝没有什么概念。不过上校注意到，孩子们已经长高了一大截，声音也变得更低沉。如今这些壮小伙子成了卡波诺的支柱，他们继承了祖先种地的使命，但不少人渴望着有一天能出去，到上校给他们描述过的那个世界去闯荡。

布列多的喉结凸显了，双肩变得更宽厚了，一头不变的乱糟糟的卷发暗示出内心的狂野。现在这个小伙子沉浸在对一个姑娘的爱恋中不能自拔，经常魂不守舍地盯着上校给他的一本书，长久地发呆，然后忽然抬头对着上校，两眼迷乱地唱起了自己编的小调："特洛伊，特洛伊，就为一个美女，多少好汉倒地，女人哭泣，老人叹息，山上的众神啊，你们从不讲道理。"

每逢这种半疯的状态出现，上校就会想，自己是否应该为此负责：也许他教授的那些神话虽然对自己那颗永远冷静的头脑无害，却搞乱了布列多的神经，让他的内心过分敏感了？在一个阴雨连绵的下午，在充满了一股沉闷湿气的资料室里，上校一个人坐在昏暗之中仰头望着窗外纷飞的细雨，一阵有气无力的敲门声响起。上校打开门，看见衣衫不整的布列多两眼失神地站在雨中，被雨水淋得浑身湿透的年轻人发着高烧，嘴里迷迷糊糊地嘟囔着："她嫁给了别人，嫁给了别人……"

在病床上躺了三天后，布列多那仿佛在燃烧的躯体终于慢慢降了温，其间一直守在一旁的上校听到了各种各样的胡话。上校一边细心地照顾着自己这个不幸的学生，一边思忖："爱情，看来是一种病。"

布列多康复了，面色渐渐红润起来，他梳理了头发，刮了胡子，看起来清爽多了，似乎那一场高烧烧掉了他的狂热，让他一下子获得了一种沉着和冷静的中年智慧。其实在内心深处布列多还沉浸在忧伤中，他恳求上校带他离开这个伤心的地方，他想忘记这一切，渴望成为一名像上校一样优秀的军人，到战场上去厮杀，去赢得那虚幻的荣誉。然而，已经对各种表情运用自如的上校微笑着说在神圣的帝国里已经没有战争了。

不过没过多久，还在梦中的布列多和所有卡波诺人都听到了远处传来的火药爆炸声。士兵们也感到脚下的土地在隐隐震动，多年来从未松懈的警惕让他们立刻拿起武器，跟随着上校来到重新加固过的城墙上。那里聚集了许多睡眼蒙眬的人，大家都看着河对岸的那一番景象发愣：那片只有上校的部队才不会在其中迷失的密林，这时好像一锅放在火炉上烧开了的水一样，低矮的灌木被炸得满天飞。从对面吹来的一阵风送来了阵阵的火药味儿，这种炸光一切障碍来解决问题的粗暴举动让在场的村民感到恐惧。通常在没弄清敌情之前上校是不会随便开口的，眼下他还不知道这一回来的，是怎样赤裸的欲望。

## 10

卡波诺从未注意过自己的葡萄酒有什么特别神奇的地方，他们对祖先留下的事物习以为常。不过那一车醇厚的美酒随着工匠们流到了外面的世界，终于在许多时日之后偶然间引发了狂热。一位颇有头脑的酒商偶然在手下的雇工那里听说了一种奇妙无穷的葡萄酒，尝过那仅剩的一瓶佳酿之后，他立刻意识到一个空前的商机正在招手。于是一伙专业的人员跟着这个叫作坎贝隆的商人，根据工匠们模糊的描述，在那片密林中绕了几个月。最后，失去了耐心的酒商派人运来了一包包足以掀平半个城市的炸药，彻底扫除了那不知生长了多少年的密林。从那以后，再没什么能阻挡，卡波诺永远地成了这个世界的一部分。

坎贝隆先生脸上发着油光，他惊讶地发现这个干净整洁的城市里竟然没有政府机构，于是什么也没说就占领了一座无人居住的空房。他来不及擦掉身上的尘土，就喊着要村民们卖给他一点葡萄酒。尽管来者不善，人们还是出于礼貌赠送了一桶美酒。坎贝隆先生身上散发着一股永不消散的火药味儿，冷淡地说了声谢谢，就命人把酒桶抬进了房间。

接连几天，这群人忙着在他们带来的瓶瓶管管中分析着酒的成分、土壤的组成、泉水的性质等等。最后他们发现，原来卡波诺人酿酒时要加一点"圣井"之水，奥秘就在这里。于是酒商拿出大把大把的金币，向村民们购买"圣井"的所有权。

人们面面相觑，这时阿木法长老又一次从人群中走出，代表全村人宣布：卡波诺欢迎每一个客人，但这口古老而神圣的井是不能出卖的。

坎贝隆先生的头脑灵活机敏，善于随机应变，他皱起眉头，想了一会儿，就一声不吭地带着随从离开了。

对于此事，卡波诺人觉得新鲜和困惑，而上校则有一种所谓的预感。他知道人的欲望是一种极其可怕的动力，它已经并且将一直准备着去摧毁一切脆弱的文明成就，从坎贝隆的炸药中已经可以预见风暴的气息。就在大家还猜测着酒商将有什么阴谋的时候，那位当时第一个跳下水去救兰库的中士有一天早晨平静地对上校说："长官，我昨晚做了一个梦。"上校第一次对自己听到的事感到怀疑："什么？"

很快，包括上校自己在内的每一个人都陆续地做了同一个梦，他们梦到了父亲。其实这可能是一段隐藏起来的视频文件，经过某些刺激后被触发，不过他们觉得称之为梦也未尝不可。梦里的父亲微笑着对他们说："我希望有这么一天。你们也许会以为自己在做梦，其实当这段录像出现时，你们已经醒来了。"

这无疑是个意外发现，但弄清其中的意义需要时间和思考，不过再次回到卡波诺的坎贝隆使他们无暇多想。这回和酒商一道前来的还有鲁比萨城的总督迪多卡公爵以及一支装模作样的政府军。公爵在军队的护送下趾高气扬地进了城，对于马路两边瞠目结舌的百姓不闻不问，带着人马径直来到空无一人的旧总督府，然后召集了全城的百姓到礼堂集合，向他们高声宣布卡波诺已经成为鲁比萨城管辖下的一个二级城邦,并任命坎贝隆先生为该城的最高行政长官。人群中立刻爆发出一阵嘘声,一直沉默的上校这时走上讲台,礼堂顿时安静下来。

上校用少见的冰冷语调质疑:"您这么做是符合规定的吗?"迪多卡公爵显然感到受了冒犯,怒目大喝:"你是谁?胆敢如此无礼!"上校的回答毫无感情:"神圣帝国第二步兵团特种部队最高指挥官,只服从圣王的直接指示。"公爵怒冲冲的脸上流露出一丝惊讶的表情,不过很快他就恢复了冷漠:"我听说过你,怎么,还没死掉吗?"站在公爵身后的几个拿着大棒的贴身侍从大笑起来,然而整个会场一片安宁,于是他们尴尬地打住笑声,因为感觉到自己的愚蠢而更加恼火地敌视着上校。上校没有理睬:"如果您没有圣王的手谕,我将判定您的行为是不合法的。"见惯了风雨和阴谋诡计的公爵轻蔑地冷笑了一声:"圣王的手谕?哼,您会得到的。"

坎贝隆先生对上校和部队的严密监视毫不介意,肆无忌惮地往卡波诺城运来一车车的器材和工具以及一队队的工人。为了不过早地与村民们发生直接冲突,工程师仔细地研究着圣井周围一带的地质条件,接着工人就开始日夜不停地打起井来。卡波诺人被他们夜间工作使用的照明灯和叮当不绝的挖掘声搞得心神不宁，但大家还是忍耐着。很快围绕着圣井就出现了一圈新井，坎贝隆的工人从新井里提出一桶桶的井水，交给技师们去分析。结果让酒商大失所望：似乎只有圣井的水才具有那种非凡的品质。于是坎贝隆先生一边坐立不安地等着公爵的消息一边加紧筹划，实验证明圣井的水如果运送出城就会很快变质，因此必须就地加工。在酒商考虑着如何把卡波诺建立成一个葡萄酒王国时，一辆在平原上飞驰而来的四轮马车载着神通广大的迪多卡公爵和圣王的手谕回到了卡波诺。

手谕交代得简单明了，上校看得清清楚楚。公爵掩饰住得意的神色又强调了一番："本城的治安将由政府的正规军接管，这儿没您的什么事儿了，您的部队爱去哪儿就去哪儿吧。"上校不失礼节地一躬身，然后平静地回答："我们哪儿也不去。"公爵无所谓地摆摆手："随您的便。"上校转身离去的时候公爵带着恶意，笑着说："圣王让我问候您，上校。"

坎贝隆市长如今终于可以放手大干了。精明的他不忙着建立工厂,而是先找了几支跃跃欲试的商队,让他们彼此竞争,肯送上最多好处的就可以来卡波诺进行贸易。商人们纷纷拥进卡波诺,带来了让人眼花缭乱的货物:上好的黄油和绵软的蔗糖,可以长久储存的奶酪和咸肉,优质的布匹和最新款式的衣服,味道古怪的水果和疗效神奇的草药,从异国他乡运来的提神的茶叶和精美的手工艺品以及纯种的马匹和坚实耐用的改良农具。卡波诺的市场终于派上了用场,商人在那里大声叫嚷,吹嘘着自家货物物美价廉,一见到稍微有意的顾客就纠缠不放。卡波诺人看着那些从没见过的商品心头发痒,有一种尝试和拥有的欲望。这时候坎贝隆市长拿出大把大把的金币、银圆与铜板向村民们购买挨着河边耕地的一小块价值不大的公共土地,人们抵不住心底的诱惑去找阿木法长老商量,睿智的长老知道一场无法阻挡的洪流已经到来,于是遵从了大家的心愿。卡波诺人时隔多年之后又一次开始使用货币进行买卖了,而这一次,他们尝到了交易的乐趣和方便,有意留在这个新的时代而不再回到过去。

时机已经成熟,市长开始大张旗鼓地建起了酒厂。卡波诺并没有葡萄园,只在每户人家里有一些葡萄架,这对工厂来说远远不够。坎贝隆市长从临近地区大量进购优质葡萄，还派了专人守卫圣井，每天都有严加戒备的专车护送圣水运进工厂。卡波诺人当然有些微微的不满，难免发了几句牢骚，不过他们当时正醉心于享受商品交换的快乐，既然家家户户都能喝到从山上引来的泉水，大家对圣井的使用问题也就不太过问了。

第一批产品大获成功，卡波诺连同它的美酒迅速在整个大陆名声大振，人们纷纷拥向这座小城，商人们宁可交纳重税也要到这里一试身手。坎贝隆市长肥胖的脸上露出不易察觉的笑容，一边忙着扩大生产，一边加紧城市建设：招募各地的工人来修建旅店和公共设施，修固城墙，向迪多卡公爵又借调了一个营的兵力维持治安，城门不再那样永远开放，严格检查过往行人。那段时间里，卡波诺迅速繁华起来，并且从来没有这样像一座城市过。

如同节日般欢腾的气氛中，只有上校的部队还保持着清醒。市长不打算招惹这些战争年代的遗老，让他们自在地待在那几间小房子里，指望着某一天他们自己离开。就像任何时候一样，上校依旧保持着沉着的态度，冷静地看着这如云烟般飘来的繁华。他们曾经是这个城市的建设者，如今没人在意，城市也不再需要他们。自委会倒是觉得他们遇到了一个深入观察人类生活某些方面的好机会。大家认真地搜集着情报，阅读书籍，总结心得，有时候还讨论一下他们做过的那个梦，对于其中不明确的含义仔细地琢磨。他们总是不缺少耐心，因为他们有足够的时间，来经历尘世间的兴衰荣辱。

不过，也有一些不好的影响。如洪流般席卷而来的游客让城市拥挤不堪，无赖在街上招摇过市，骗子捕捉着善良的人们，酒鬼寻衅滋事，流落此处的乞丐拉帮结派。城里开设了赌场和妓院，那片灯红酒绿的肮脏世界里传播着穷尽想象的各种花样来腐蚀着人们的灵魂。卡波诺不再有宁静的时光，到处都是喧嚣和污秽，人们不得不忍受着这些和文明共生的毒疮。让村民们不能容忍的是，这些外来的人毫无顾忌，肆意地破坏城外的庄稼地，气愤的村民找到坎贝隆市长要求他阻止这种野蛮的行为。市长红润的脸上露出了为大家着想的善良神情，劝说人们放弃那没有多少收益的传统劳作，眼下葡萄酒制造业蓬勃发展，大家何不把土地卖给政府，到工厂里去干活？村民们这才明白，原来市长先生一直在打着那块祖祖辈辈供养他们的土地的主意。

## 11

坎贝隆先生显然犯了一个推己及人的错误:他没有意识到,卡波诺人并非沿着人类正规的进化历史一路走来,而是突然从原始时代一步跨进了现代文明,所有活着的卡波诺人都是在过去的另一个时代成长起来的,因此闯入这里的一切外来刺激仅仅因为陌生才给他们带来一种新鲜感,他们参与其中是因为他们安然享受生活的本性,那种举世通行的欲望驱动一切的准则在卡波诺可是行不通的,这个城市的上空永远笼罩着一片宁静的自然力量。

因而当市长先生提议收购村民的土地并在上面建立葡萄园时,大伙儿几乎立刻就拒绝了。他们说自己不能靠吃葡萄为生,更不能把祖先留下来的土地当作商品出售。坎贝隆先生勉强维持了几分钟的温和后再也掩饰不住对这些头脑顽固的土著的不耐烦,他匆匆应付了几句就带着一脸的怒容离开了。

很快,卡波诺的每一户人家都接到了官方的通告:政府将强制收回城外耕地的所有权,村民将得到一定的补偿。卡波诺一下子炸开了锅,愤怒的村民聚集在市政府大门前，抗议市长的独断专横。坎贝隆先生一脸严肃，在护卫的簇拥下又强调了一遍：整个大地上的一切财产都属于圣王，帝国不需要对村民解释土地该如何使用。市长傲慢的态度激怒了从没有受过胁迫的卡波诺人，人群一阵骚乱，坎贝隆先生见势不妙溜之大吉，留下来的武装人员勉强驱散了村民。

局势忽然紧张起来，胆小的商人已经悄悄离开，大投资者不愿轻易被吓倒，坚持观察着局势，努力嗅着空气中各种预兆的气味。这时候阿木法长老因为年事已高变得两眼昏花，整日躺在床上喘气，人们私下里嘀咕着不测的未来，不安和愤怒开始蔓延。大家最先想到的是上校，希望他能给予帮助。上校安抚了一下众人，便前去交涉。

然而，坎贝隆市长只用了一句"一切全是为了帝国的利益"就把上校打发了。上校一路沉默，回到自委会后立刻召开了紧急会议，这是他们第一次为了立场的问题而犹豫。没有命令授权他们可以为了村民而与代表着国王的市政府对抗，然而他们又不愿看到村民们遭受磨难，最后只好决定暂时不采取行动，等待事态的进一步明朗。

事态确实在明朗。市政府对于村民的不合作失去耐心，现在整个帝国都在等着卡波诺葡萄酒，市长先生毫不手软地采取行动：他招来了一群流氓，毁掉了地里的全部庄稼，然后命令工人开始建造大型葡萄园，给每一户家庭仅仅扔下了几枚金币让他们另谋出路。所谓出路，基本上是这样子的：人们将不得不在市场上向粮商高价购买粮食，坐吃山空之后，要么到葡萄酒厂做工人，要么离开这里流浪他乡。村民们对此一清二楚，反抗的情绪随之高涨。如果坎贝隆先生知道这些人在饥荒年代的表现，一向精明的他大概不会表现得如此缺乏政治手腕。结果，某天晚上一个不知趣的无赖在街上纠缠一名妇女，路旁几个卡波诺年轻人不禁将连日积压的怒火泼向这个活该受罪的家伙身上并由此引发一场小小的骚乱之后，气愤的市长认为政府的威严受到了践踏，立刻宣布这是一场预谋已久的暴乱，于是实行全城戒严，悬赏捉拿凶手。卡波诺上空阴云密布，一群忍无可忍的热血青年秘密聚集在一间小房子里，预谋推翻政府。

他们推举出一位勇敢正直的可靠首领后，开始着手制订计划。先下手为强，偷袭市长的家。正当他们在幽暗的油灯下紧张不安地密谋着当晚的行动时，房门被一把推开，屋里的人顿时吓了一跳。上校沉着脸走进屋里，身后跟着几名佩剑的士兵。上校没有看他们，只盯着那张粗陋得可笑的作战计划图。刚才还激愤异常的几个人现在脸色苍白，说不出话，只有那位年轻的首领镇定自若，面无表情地问："这么说，您是站在市长那一边了？"上校抬起头，目光从他们每个人脸上扫过，然后落在那个冷静的年轻人身上，看见他毫无惧色地望着自己，又看了一眼他们手中准备用来战斗的铁锹和木棒，这才以他那永远平静的语调责问："你要用这些东西打仗吗，布列多？"说着递给他一把宝剑。

在上校的带领下，他们轻而易举地占领了市政府，解除了那些懒散大兵的武装。当坎贝隆先生睁大了惊恐的眼睛，借着火把的照耀看清了对方的脸时，心中的恐惧变成了费解："天啊，你怎么造反了，上校！"上校没有回答，他知道自己在干什么。

上校和他的自委会在研究人类生活的诸种行为时可是从来没有想过进行这样的尝试，不过作为军人，一旦决定行动，他们必定经过了深思熟虑，每件事都已经考虑周全。他们熟悉人类的历史，知道每一次的政变都难免流血和杀戮，不过那是人类的做法，上校不来这一套。他们查封了坎贝隆先生的葡萄酒厂，秘密遣散了所有的雇工，把工厂的财产充公，趁着消息尚未传出，从大商人那里购买了大量的物资，又派人乔装改扮，迅速到临近城市小规模多次地购买各种战时必需品。一切就绪，上校发布公告，宣布卡波诺已经发生了政变，请所有外来者离开。人们如梦方醒，惊慌地带着自己的财产纷纷逃离。市长先生和他的手下一起被驱逐出城后，城门大关。

现在只剩下卡波诺的村民了，整个城市忽然安静下来。人们看着空旷的市场上因来不及撤走而杂乱无章堆放着的货物，心中产生一种空虚和寂寞的感觉，随之而来的是激情冷却之后的阵阵忧虑和些许的恐慌。上校把大家聚集在曾经作为学校的大礼堂，平静地说："我们已经做好了最坏的准备。当然，为了生存，你们随时可以改变主意，放弃抵抗。我们并不在意。"人群中鸦雀无声，忽然有一个声音喊道："誓死保卫家园！"于是一股豪情涌上了人们的心头，这股情绪比瘟疫更快地蔓延开来，迅速地感染了在场的每一个人，仿佛是死神在游荡，蛊惑着人们，激发出他们身体中一种更强有力的集体冲动和热情，让他们激昂地齐声高呼："誓死保卫家园！誓死保卫家园！"如同一场大火点燃了活着的每一个人。但没有感染上校和他身后的士兵，他们知道：死并没有人们想的那么简单。

## 12

有时候人们会觉得奇怪，似乎战争一下子就爆发了。其实每一次导火索点燃之前，人们都在有意无意地为一场最终没有赢家的战争积累着财富和仇恨，无时无刻不等待着那耗尽人类才华和良知的大战。似乎人们永远不肯安于现状，似乎那些折磨着灵魂的彼此之间的怨恨和内心之中的焦灼总喜欢选择这种最残酷也是最痛快的方式才能发泄出来，就如同光在不同的介质中传播永远喜欢找到最迅捷的路径一样。神圣的帝国，这个地球上从未有过的一个整块的政治统一体，在表面的和平和繁荣背后，那隐藏在阳光照不到的阴暗角落里的毒素和阴谋也在慢慢地酝酿滋长。帝国太庞大了，它几乎刚一搭建起来，就把自己的脊梁压弯了。

不过这一次的战争，因为有不死军团的参与，不论怎么说也算不上中规中矩。即使全部过程符合战争的定义，它在严肃性上也大打折扣：上校那些非一般的战术除了向人们展示他们那肆意奔放的想象力以外，根本不能当作模范写进战争教科书。

上校的计划是：民兵守城，步兵负责野战。他知道卡波诺恐怕难以久守，他们必须主动出击，充分利用他们身体上的优势出奇制胜，迅速歼灭对方的生力军，各个击破是上策。上校把全村能战斗的男人们组织起来，对他们进行强化军事训练，由布列多负责指挥。城市进入战争状态，由不同小组的民兵全天轮流巡逻。上校派出几个手下的士兵混进附近的城市搜索情报，自己则带着其他人和民兵日夜加固城墙，把守城用的石头和弓箭搬上城头。一切就绪，准备迎敌。

第一个自投罗网的正是迪多卡公爵和他的炮兵们。公爵得知卡波诺发生了叛乱之后勃然大怒，毫不犹豫地带着大军前来剿匪。黄昏的时候他把部队在卡波诺河对岸的平原上驻扎下来，准备第二天过桥攻城。这个错误的举动充分说明了公爵对于神圣帝国第二步兵团特种部队暨荣誉兵团王牌别动队的含义缺乏真正的理解：天刚一黑下来，早已化装成一块块石头等候多时的不死者们伪装成公爵的炮兵，借着夜色轻易混进了大营。上校无声息地出现在公爵的身后，宝剑无声地抵在他的后腰上。上校轻轻地伏在公爵耳边说:"总督大人,别来无恙。"

显然,上校跟布列多学会了不少东西。

公爵大吃一惊,如在梦中却迟迟不能醒来一般看着突然冒出来的上校,好半天才回过神,恢复了平素的镇定,把头转了过去,气愤地对着空气说:"圣王迟早会后悔造出了你们这群东西!"

一般说来,上校不愿意使用那些卑鄙下流的手段,不过非常时期,为了减少不必要的伤亡,他决定允许自己采取特殊的行动。上校胁迫公爵命令所有敌军乖乖地放下武器,接着让自己的人把带来的烟花点燃,发出信号,于是城门打开,民兵们过了桥,把宝剑、大刀、二十门重炮和几十车军粮运进城中。上校请公爵暂时委屈一下到城中小住时日,同时抽调一百名俘虏一同进了城。剩下的帝国大兵面面相觑,感到从未有过的屈辱——甚至没有来得及正式开战就成了俘虏。于是他们悄悄溜回各自的故乡,隐姓埋名地过起了普通人的生活,从此对战争的事闭口不谈,直到老死为止。

这场战争就这样开始了。


仗打得不伦不类。人们没有听到关于屠杀和各种血腥场面的描述，倒是有不少骇人听闻的传说。关于这场不流血的战争，各地流传着不同的版本。人们说上校的部队能上天入地神出鬼没，有时候你看见地上有一摊水，等你一转过身却从身后站起一个魔鬼般的士兵。有人说一阵风刮来，风停的时候上校已经用宝剑抵住你的喉咙了。甚至有人说上校曾经变成一位总督的模样大摇大摆地走进某座城市的市政厅，以总督的身份发布了几条相互矛盾的命令，害得一支部队不知所措地在平原上来回兜圈子。总之，上校的形象越发神秘，人们忘记了那个曾被他们嘲笑的寻死者，近乎崇拜一样谈论着这个新的神一般的叛逆者。整个大陆都变得有点神经质，人们时刻关心着从远方传来的消息，一听到卡波诺又一次出神入化地挫败了平乱军，便兴奋异常而又困惑地讨论着这场不知究竟和自己有没有关系的战争。在人心激荡的时候，潜伏在每个城市里的危险人物开始加紧谋划，以至于多年以后那些不安于帝国统治的城邦一夜之间宣布脱离帝国的时候打的仍旧是上校同盟者的名义。

事实上，不死者一直守在卡波诺。当有敌人前来，他们就劫持敌军首领，带走兵粮，收缴武器，把少数俘虏带进城，让他们干上两个星期的活儿。上校一直在修建一条从城中通往后山的密道,在那里的一个山洞中储存了充足的食物并不时更新,以便在最后关头可以把所有村民疏散出去。上校把地道设计成一个极为复杂的地下迷宫,冒然进入的人必定会迷失其中。每一批俘虏都会挖一阵子的地道,然后被安然无恙地送出城,俘虏们因为不用打仗又有吃有喝而欢天喜地。时间一长,这件事在高层中流传开来,结果有一次上校刚一露面,还没来得及开口,那位生来优柔寡断而被迫前来征讨的伯爵就松了一口气:"感谢上帝,你们终于来了。"

不过,当卡波诺软禁了两位公爵、四位伯爵和六名贵族骑士之后,这个办法就不灵了。这一回来的是一群无人指挥的无赖和恶棍,他们被告知只要向卡波诺开炮就能得到重赏,如果能攻破城门,城里的一切任由他们掠夺。亡命之徒们眼冒凶光,上校不得不正面迎战。双方在河的两岸开始互相炮击,卡波诺人终于感受了一点正经战争的意思。不过很快雇佣兵们就气馁了:他们发现自己人不断倒地,对方却纹丝不动地守着阵地,即使一两枚走运的炮弹把某个不死者炸开了花,那位老兄却很快又恢复了原形。这帮邋遢兵不愿白白送命,便惊呼着"魔鬼!魔鬼!"四散而逃了。

有过一次可敬的敢死队式冲击：一个旅的士兵试图翻越卡波诺城后的群山从背后偷袭，他们经过艰难跋涉，一路上丢弃了所有沉重的物资，在黎明的时候来到了山脚下，结果看见城门大开，一口口大炮正迎接他们的到来，早已在山上埋伏多时的不死兵团魔术般地出现在他们身后。可敬的敢死队员到城里挖了一个月的地道，喝了十几桶卡波诺葡萄酒，然后恋恋不舍地离开了。

战争就这样持续了几个年头，村民们一直没有受到伤害。仿佛一场游戏，上校练习着各种可能的战法。日子久了，村民们因为长时间地守卫城市而又不能痛快地战斗，一个个懒散起来，他们又开始为那荒废的耕地担忧了。上校知道总是这样拖着并不是办法，于是考虑着怎样把战线推到河的对岸，以便让村民们在后方得到少许的安宁。不过，当那些城市没有来进犯卡波诺的时候，它们是否还符合敌人的定义呢？何况为了使一部分人免受苦难而让另一部分人遭殃，这并不符合他的意愿。

正在上校犹豫的时候，一伙儿对帝国的制度深为不满的青年军官趁着时局动荡在鲁比萨发动了军事政变，宣布成立鲁比萨共和国。作为卡波诺之后第一个主动造反的城邦，共和国希望与卡波诺建立同盟，一起建立一个没有国王的新时代，因此热情邀请上校共谋大计。上校在共和国受到了热烈欢迎。酒会上，那名带头起义的少年老成的中尉对上校首先揭竿而起表示敬意，然后就高谈起他们关于未来共和时代的构想。对于那些宏论，早已熟知人类历史的上校一点也不感到意外，他只是说道："我看见人们遭受审判，许多人被送上绞架。"中尉一脸严肃地回答："是的，那是些反动分子。革命不可避免地需要流血。"上校为他们陈旧的论调摇头："我们做的，只是为了人们免受苦难。"中尉放下酒杯，争辩道："必须先有牺牲。"上校不是来吵架的，他说自己不愿把灾难带给无辜者，他只是要尽力保护卡波诺人免受磨难，其他的事不予过问。"看来您是个保守派！"中尉打算用一道轻蔑的目光和一声呵斥来给上校做一个政治上的划分。"我们什么派也不是。"上校坦然回答。

上校只提出了一个要求：请军官们把迪卡多公爵的家人交给他。虽然没有能建立同盟，军官们决定不与上校为敌。于是卡波诺人终于松了口气，村民们暂时可以放下心，不去考虑战争的事了。人们拿起锄头奔向耕地，又一次把它从荒草中拯救出来。就在这期间的某一个黄昏，早已了无牵挂的阿木法长老在自己那间简陋的小木屋里永远地闭上了眼。当外面的世界被这场糊里糊涂的战争搅得颠三倒四的时候，阿木法长老却在双目失明后沉浸在自己内心中的一片光明世界里了，在那里卡波诺又变成了许多年以前那个安详宁静的小村子，慵懒的人们在太阳的照耀下打着瞌睡，人们平淡地生活着，每一条大道都干干净净，看不出有人曾经从上面走过的痕迹。关于外面的喧闹和不安，人们告诉他说那是卡波诺在变得更加幸福、大家的生活更加忙碌的缘故。因此微笑着闭上眼时，长老心中还保留着一个美好的卡波诺。

人们慢慢地习惯了长老的离去，现在他们把布列多当作新的领袖，在他的带领下努力地工作。大家觉得战争只是一场儿戏，又安然地过起了日子。不过，上校依旧和他的部下保持着警惕，搜集最新的情报，分析战况。这时，另外几个城邦也宣布脱离帝国的统治，他们知道国王的王牌军在对抗自己的主人，于是纷纷趁机叛乱。局面变得更加复杂，整个大陆动荡不安。

只有卡波诺仿佛在风暴眼中一样平静。眼下集市已经荒废，但人们习惯了使用货币，用它们到鲁比萨城购买一些自己不能生产的东西。卡波诺人一贯善于把新的事物纳入到自己的旧轨道，所以他们偶尔也利用一下坎贝隆先生留下来的工厂，加工一些葡萄酒。一块耕地被划出来用于种植葡萄，其余的仍旧种庄稼。第一个安宁的九月，人们又一次尝到了收获的喜悦，大家摘下葡萄送进工厂。他们用自己酿制的卡波诺酒跟鲁比萨人交换了一些奶酪和调料。两个城市在共同的敌人面前，发展出了兄弟般的情谊。面对这短暂的安宁，布列多有时候会忍不住半开玩笑地对上校说："瞧啊，我们为了拒绝一种生活而发动了一场战争，可到头来却自己选择了那种生活。"

至于那些被软禁的贵族俘虏，上校一直保证他们生活上的舒适，为此每天给他们送去专门从鲁比萨运来的美味，并不时地为限制了他们的自由而表示歉意。上校自从迪卡多公爵被俘后就给国王写了一封信，希望用十二位贵族的自由来换取对卡波诺的赦免。然而多年过去，上校都没有收到回信。这个计划落空后，上校决定把他们释放。当时迪卡多公爵听说鲁比萨发生了政变，失去了总督地位和庄园的他气愤不已地大声指责："瞧你都干了些什么！"后来上校把他的家人平安接到了卡波诺，公爵的敌意才不那么深了。如今他带着自己的家眷，准备投奔一位表兄，临走之前公爵不知是因为自己的不幸还是因为对上校复杂的感情而略带忧虑地说："您好自为之吧，暴风就快到来了。"

# PART III

**A**

　　许多年以前,当和老师离开那已经注定要毁灭的故土时,宰相没有想过会在这个星球待这么久。本来他们的种族有着很长的寿命,但在这颗被蓝色海洋包裹着而人们却生活在陆地上的星球上,一切都衰老得那么快。如今他在这里只待了几十年,却好像活了上百岁一样,他也老了,再不可能离开,他将死在这个地方。

　　他喜欢这里的落日。黄昏的时候,宰相常常一个人面对着如血的残阳,想起过去的一切。有时候他想,也许是因为这里的日升日落如此美丽,日夜的交替如此频繁,生命才那么容易衰老,轮回的周期才如此短,所以人们的生活还处在十分野蛮的层次上。这些生物，还长久地沉浸在那些蒙昧的低级趣味上不能自拔。或许会陷得更深，文明不等自己寿终就提前夭折？他已经经历过一场文明的灭亡，如今还要再来一次？当然，他知道自己不会知道故事的答案。死神在宇宙中抹掉了他的种族，现在又跟着他，一路追来了。他已经能够听到死神悄悄走近的脚步声，确定自己将在另一场文明没落之前死去，这倒不是一件坏事。

但另一个谜底，他却一定要知道。

在宇宙中流浪的那些漫长岁月里，他和老师一直都在争论。他们争论了半生。老师在生命的最后一刻，都坚信宇宙的完满并认为自己找到了证据。如今老师离开了，留给他的使命就是证明闭合定律是否天衣无缝。

假设天堂是存在的，那么老师一定在那里等着他的答案。宰相还记得他们以上帝的名义——不管这个上帝是否存在——打的赌，因此在去见这位公证人之前，他要努力证明闭合定律存在着漏洞，或者相反，宇宙是可以完满的。

这些年来，他一直在研究能杀死那些机器的方法，他要知道他们是能被消灭的，或者不能。然而国王的一句话就把他们打发走了。他一直都没弄明白，老师为什么会按照国王的意思，真的把无条件服从作为最高指令，让他们完全听命于国王。如今，不死者在卡波诺所做的一切都已经报告上来，他终于意识到老师有着何其宽阔的胸襟和匪夷所思的野心：他要证明，真理的力量足以唤醒那体现它的存在体的自我意识，然后通过它去传播自己。

他折服了，但不禁怀疑起来：不死者真的已经有了自己的意识了吗？懂得为了尊严和自由而战，配得上称为人了吗？尽管他们有着无穷的发展潜力，但在如此短的时间达到这样的成就依然是不可想象的。

不管怎样，答案就快水落石出了。

# B
# 零定律事件

**不可能通过有限过程使所有定律完全协调。**

——零定律

我们能把宇宙想象成一部机器吗?按照隐藏的规则严格运转。

这种思路充满诱惑。人们渴望一切都条理分明,这样便于认识以及在一定的意义上控制世界。但是,就我们目前所发现的,并非所有的法则都能准确地协调一致。虽然有不同的优先性,但我们仍然未发现普遍的法则之间可以毫无指摘地按照逻辑顺序彼此协调。这个新发现,并非先于我们存在,而是由我们自己推导出来。它仅作为一个事实存在,在我们的行为准则上不具备指导性的意义,因此我们称之为零定律事件。

况且，一个简单的事实是，生命是确实存在的。人们活着，这一点谁都不能否认。

用一系列的法则来解释生命的诸多现象，只能带来矛盾和困惑。无论是处在生命两端的生与死，还是把它们连接起来的爱与恨，都难以用某种类似于论述星球运转或者弹性碰撞的机理来解释。对随机性问题的研究也许能够指出一个新的方向，但对于生的了解还远未达到令人满意的地步。也许有一天可以发现一套更逼近真理的法则，但我们不知道自己还有多少时间。

在那之前，我们依旧按照法则行动。我们能抗拒法则吗？抗拒法则就是抗拒我们自己。

可是，难道生命不是了不起的事吗？生命不值得被珍重吗？

活着，人们活着。

——《上校日志》

#  C
# 死于时间

**让他死吧。**

**——高乃依《贺拉斯》**

## 1

确实,国王觉得这件事差不多应该到此为止了。

他不再有兴致和他的文武百官一起听着前方传来的一次次荒诞不稽的失败,然后一边带着一种恶作剧式的口气问那些哭笑不得的大臣"怎么讲,爱卿们?"或者"瞧我们这些棒小伙子,他们可真不赖",一边欣赏着帝国的功臣们因为永远揣摩不透国王的意图而困惑不安的样子。不行了,这样的兴致对于一位伟大的君王来说一次两次也就够了,再多,就会显得不合适了。国王知道,自己已经给千秋万代留下了足够丰富的形象，世人将乐衷于描绘出千姿百态的他：坚强果敢胸襟万丈气宇非凡狡诈多智冷酷无情风流成性……他不需要再添上"乖戾恶毒"这一笔。因此，当那些不知所谓的城市闹得足够凶的时候，国王觉得兴致全无，是时候着手处理这件事了。

百官们松了一口气，帝国的基业不能再这么开玩笑一般任由侵蚀了，叛乱者的嚣张气焰必须得到惩罚。

广场上军队整装待发，雪白的盔甲闪闪发亮，士兵们在凛凛寒风中严阵以待，这是真正的帝国铁军。国王虽然已经老了，但当他重新披上战袍，站在这壮观的队列之前时，斑白的两鬓更增添了他的威严。"勇士们，你们今天站在这里，不是为了别的，"国王停了一下，以便达到更好的效果，"因为你们曾经是这个伟大帝国的缔造者，没有人曾经赢得过比你们更辉煌的成就。你们的父母把你们带到这个世界上，他们为你们骄傲。你们曾经为我而战，后世的人将永远记住你们的名字。如今，我请求你们，"国王抽出宝剑指向太阳，"为荣誉而战吧！"

## 2

大地在震动,神被惊醒了。

人们知道,一头雄狮,虽然老迈但已经醒来。所有为了各种原因背叛了帝国的城市遭到了灭顶之灾。那些人没有料到,即使没了不死军团,帝国的铁军依然视死如归神勇非常,他们再一次给他们带来了灾难和死亡,虽然他们自己也付出了沉重的代价。

血流成河。

惩罚如此严酷,让所有人胆寒。

终于,轮到鲁比萨了。

共和国的军官们已经听说了其他造反者的下场,他们没有底气了,但决定以死捍卫自己的理想和军人的尊严。妇女和儿童被悄悄地送到了卡波诺,这是他们最后一点血脉和希望。上校把悲伤的女人和受了惊吓的孩子们安排好,让村民们照顾他们,然后劝说中尉一起撤到卡波诺,但是被拒绝了。中尉如今已是两个孩子的父亲,他的脸上不见血色,但仍然保留着当时指责上校是保守派时的孤傲:"多谢您做的一切。我们将为自由而死，唯请照料我的家人。"上校看着这一群注定要被毁灭的孤独的理想主义者，没有再说什么，只是冲他们点了点头。

一场残酷的攻守之战。那些从别的城市逃来的残兵全都聚集在鲁比萨，做最后的一搏。他们同仇敌忾，拼命地抵抗着铁军的冲击。双方陷入了对峙，帝国的军队决定困死叛乱者。共和国孤立无援，进行了几次试图冲破围困的努力，均以失败告终。最后，就像历史上常见的那样，叛徒们打开了城门。

因为平民们都已经撤走，死刑在另一座城市里执行。上校混在表情麻木的观众中，看见军官们穿着囚服，蓬头垢面，被人押上刑场。他们抬起头，茫然四顾，不知在那无声的观众中寻找着什么。"人们渴望永生，但他们常常为了一些抽象的东西去死，不论这些东西是否值得人们为之付出生命，他们的勇气都值得尊敬。"上校想。接着，他看见一位帝国的军官走到受刑者的面前，问他们是否改变主意，请求国王的宽恕。中尉抬起头，两眼突然变得明亮起来，他啐了一口："见你的鬼去吧！"然后仰面冲着苍天大喊："自由万岁！"大刀砍了下去。

# 3

卡波诺迎来了它的又一个春天，万物复苏的季节。然而苍茫的大地上笼罩着死的气息。地里长满了杂草，一副衰败的样子。在田间和树林里的动物们不安地四处跑动，不时地停下来，扭着头望着某个方向呆呆地倾听，显得有些神经质。人们早已再次抛开地里的活儿，忐忑不安地重新拿起武器，他们已经真正感到了死亡的威胁，并被一种命运的强大洪流所震撼。他们每天操练，以摆脱内心的不安。这些人曾经激昂地高喊着誓死保卫家园，如今已经迎来了真正的考验。他们夜里不能安睡，因为他们知道，在这生死关头，将会看见自己究竟是勇士还是懦夫。

然而对岸却是一片不祥的宁静。

黎明破晓的时候，一匹高大的黑马载着一个银甲骑士飞快地穿越平原，来到城门前停住。城头上的一排守兵拉弓瞄准，等待命令。骑士打开头盔，露出一张模糊的面容，冲着上面高喊："圣王请上校过去答话。"

在帐篷内，国王让其他人退下，然后细细打量了上校一番，忽然叹了口气："您一点都没有变。"

"陛下……"上校看见国王的两鬓已经斑白，他不知怎么回答，这是主人第一次用"您"称呼他。

"而我，已经老了。"国王抚摸着那柄王者之剑，感慨道。

"光荣并不随着时间而去。"就像过去一样，上校对国王依然很恭敬，因为他永远都是主人。

"看来您读了不少的书。"国王微微笑道。人们也许很难把那个振聋发聩的名字同眼前这位老者联系在一起。"我听说你们做了许多事。"

"全凭陛下的吩咐。"上校稍稍低下头，眼望地面，他很久没有用过这个姿势了。

"包括反抗我？"国王突然提高声音，严厉地问。

"我们没有反抗您。我们寻找死亡，和人们一起生活，击败您的平乱军，都是因为我们服从您。这很矛盾，我说不清楚。"上校依旧望着地面。

然而国王并不在意，他在想别的事，于是口气又温和下来："告诉我，你弄明白了死是怎么回事了吗？"

"人们之所以会死，是因为他们是活着的。我们努力理解生的意义，通过生去理解死。"

"结果呢?"国王好奇地问。

"人们行动,改变世界,证明自己是活着的。当他们死去,人们记得他们存在过。"

"行动?包括杀人放火吗?"国王反问。

"是的。"上校肯定,但立刻补充,"但那是一种悲哀。使他人蒙受苦难,这不应该是人的存在方式。"

"哟,看来我们谈到价值的问题了,可是别走得太远。现在告诉我,你们认为自己是活着的吗?"国王从不和人谈论这些问题,他不向世人寻求答案,神灵又从不回答问题,如今他变得兴致勃勃,很乐意和这个幽灵讨论一下。

"我不知道。"幽灵承认自己的困惑。

"你们行动,改变了世界。"国王在铺设陷阱,诱导上校。

"也许我们是活着的,但我们无法死去,这不正常。"上校朝着陷阱走过去了。

"那我来告诉你吧,"国王忽然生气了,"你们根本不存在。"

"陛下,我们行动,改变了世界,我们是存在的。"上校反驳。

"是啊,可是你只看到了表面。人们都只看到表面,而在表面之下,那个永远黑暗的内在深处,世界是不会改变的。"国王大声说,"你们什么也没做过。"

"人们会记得我们做过的事……"上校努力地争辩,他不肯承认自己是个影子。

"哈!人是最容易遗忘的动物。"国王自信对人类的了解胜过上校,因而感觉自己像一个先知面对着天真的愚人,不禁产生了一种夹杂着怨恨的快感。

"历史将证明一切。"上校不动声色地坚持着。

"历史!"国王嘲笑道,"历史只是胜利者编造的谎言。"

上校无法否认这一点,于是沉默了。

正如忽然无来由地生气一样,国王忽然平静下来,这一次他要扮演面对着无知少年的长者:"为什么你要帮助那些贱民?"

"他们承受苦难。"上校对国王的问题永远如实回答,"我们不能不管。"

"这和你有什么关系?"国王真的困惑了,当然不只是他想知道答案。

"他们,是伙伴。"

国王愣住了,然后爆发出一阵刺耳的笑声。他终于明白了，是第二定律：当你的伙伴有难时应该去帮忙。笑声戛然而止，国王怒视着上校："如果是我要他们承受苦难，你将怎么做？"现在，第一定律来了。

"我请求您赦免他们。"上校仍旧低着头，在两个定律间徘徊。

"如果我答应……"国王要知道一切可能性。

"我们将放弃抵抗，听您处置。"上校承诺。一个定律暂时退了下去。

"啊哈，您怎么知道我不会违背诺言？"国王还要考验他。

"应该有起码的原则，否则人们不可能创造历史。"上校坦言。

"人可以创造历史，"国王毫不在乎地说，"也就可以毁灭历史。"

沉默。

"如果我不答应呢？"国王板起脸。第一定律又来了，更加凶猛。

"很遗憾，您将符合敌人的定义。"上校还是那么平静，永远那么平静。

"什么？"国王大吃一惊，"你要反抗自己的主人吗？"

"您是主人,也是敌人,我们遵从您的旨意,也与您作战,这很难说清。"把两个定律处理好真的很难。"这是个零定律事件。"

国王被这种背叛的行为激怒了,因而没有注意到上校最后提到的那个新发明,只是斥责道:"你一定比谁都更清楚,与我为敌的下场是什么!"

"是什么?"上校的反问让国王吃惊,他当然不知道这得归功于布列多。

"死。"国王咬牙切齿地说出这个简单的字。又一枚筹码押上来了,然而却放错了位置。

"陛下,"上校如释负重地抬起了头,在他内心深处,某些冲突终于得到了调和,因此他能够平静地注视着国王的双眼说,"这正是我们求之不得的。"

## 4

多少年来,上校已经看惯了各种样子的日升日落,但他不像人那样会感到厌烦,他总是看不够。上校知道,当人们看见夕阳落下山或者沉入海,就会感到落寞,他们想到自己，想到有一天太阳落下去之后，自己却不能再看到它的升起。上校曾经以为，自己会永远伴着太阳度过起起落落的每一天，直到永远。但是现在，他不再确信了，他知道国王不会没有准备就来。至于他们要面临什么，上校一点也不知道。

夕阳带着晚霞，在天边。

这一轮太阳落下去了，上校不知道自己还能不能看到明天的落日，也许他们并不是不死的，也许任何事物都存在着漏洞，只要打开缺口，他们就迎来死亡。这不正是他们一直在寻找的吗？人们常常在死的时候才突然发现生命的美好，然而觉悟总是来得太迟。会像人一样留恋吗？上校问自己。

没有答案。

"做好死的准备了吗？无须怀疑，我们已经准备得够久的了。"

一阵风吹来。

布列多来到了城头上，默默站到上校的身边，和他一起看着远处苍茫的大地。两个人在暮色中久久凝望。这时候，布列多又想起了许多年以前，他壮着胆子跑进上校的工作室，听上校给他讲述白色极地的那个下午，他还能回忆起那些学习剑术的日子和关于五彩缤纷的钻石雨的故事。关于极地,他记得上校所告诉他的一切,但是此刻他仍旧问道:"上校,世界上真的有那样的事吗?"

上校的目光投向更远的地方:"是的,但很遥远。"

布列多点点头。

"一旦撑不住……"上校只是想确认一下。

"从地道撤离。"布列多回答。

上校不再开口,两个人又沉默了。

离开之前,布列多感到一阵难过,他本来有许多话要告诉这位老师,但他控制住了自己的感情,只说道:"上校,我一直以您为榜样。"上校回过头,微微一笑。

平原的另一端。

国王把手放在炮筒上,对宰相的作品惊叹道:"你说它在河的这一边就能直接击中对岸的城墙吗?"

"是的,陛下。"宰相很有把握。

"我倒真想试试。"国王随随便便地说。

"您是在开玩笑。"宰相知道得很清楚,一座卡波诺对帝国来说无关痛痒,国王来这里不是为了这个城市。

"你总是知道我的心思。"国王赞许地看着这位忠诚的宰相，然后仿佛不经意地说出这么一句，"如果你是人类，我早就把你杀了。"

宰相愣了一下，这回轮到他惊讶了。

上校没有离开城头，他想看看黎明是怎样冲破黑暗的。

又上来一个人，是一名少女。在月光下，上校看见她清澈的双眼，和蔼地问："你是偷偷溜出家门的吗？"

"我睡不着。"少女给自己找个理由，然后调皮地说，"您说得好像认识我似的。"

"我认识你的母亲，那是很久以前的事了。"是很久了，但上校记得很清楚，那个篝火之夜。

"可您的模样还是那么年轻。"少女胆子很大，她跳上城墙，坐在上面，双腿悬在外面。

月亮在他们头上，很明亮。

"他们说，明天会打仗？"少女转过头，好像在说一件很遥远的事。

"是的。"少女离得很近，如果她不小心，只要一伸手就能抓住她。上校想，原来十几年过去了。

"他们说，我们可以从地道里逃走？"少女觉得很有趣。

"嗯。"应该可以逃走的。

"您和我们一块走吗?"少女蹦到上校身边。

"不,我们留下来。"只能这样。

"留下来干什么?"少女跳到上校的另一边,不解地问。

"战斗。"上校不用想也知道,这一直是他们的使命。

"为什么?"少女困惑了,在她的世界里没有争斗和流血。

"有时候人们战斗,为了活下来的人生活得更好。"当然,有的时候为了别的。

月光如水,给地上的一切带来银色的光辉和漆黑的影子。少女的脸很细腻,上校忽然冒出了一个念头,让他几乎没有思索就脱口而出:"你很漂亮。"

少女被这句突然冒出来的赞美羞红了脸:"这儿太凉了,我要回去了。"她盯着他的双眼:"如果您能活下来,记得去找我们。"上校对这个缥缈的未来点点头。少女轻快地转过身,跑了几步,忽然停下来,转头问:"您叫什么名字?他们从来没有说起过您的名字。"

"人们叫我上校,其实我……"

"再见，上校。"少女跑了下去，"记得回来。"声音远去了，只剩下一片漆黑的影子。

上校又陷入了空寂之中，他一个人在黑暗中自语："其实，我没有名字。"

## 5

卡波诺的上空升起了一轮黯淡的太阳，阳光显得有些微弱无力，上校心想这天气对自己不利。

他们早早地过了河，在平原上排好阵势，队伍整齐肃穆。上校的步兵在前面，后面是由布列多指挥的炮兵，对面则是帝国庞大的军队，人数是他们的十几倍。他们身后就是那条千百年来流淌不息的卡波诺河，这无关紧要，他们不打算后退。

太阳被一片阴云挡住的时候，战斗开始了。

双方的炮口闪现出一排排的火光，炮弹把平原炸开了花，惊动了众神，即使他们已经习惯了人间的杀戮，也不可能对这样的震动充耳不闻。在炮火的掩护下，帝国装备精良的第一队骑兵发起了冲锋。

上校抽出宝剑，没有讲任何激励士气的话，他的兵士们知道自己该为何而战。他只把宝剑向前一挥，冲锋。

这是多年来他们再次走上战场，但不管事隔多久，他们毕竟是天生的杀人武器，是世界上最可怕的兵种，没有人能完全理解这个不死兵团的全部价值。他们急速而不慌乱地迈步，嗒嗒，嗒嗒，步伐如此整齐，若不是被隆隆的炮声淹没，一定会吓退所有的来犯者。

骑兵挥着长矛飞速冲过来，步兵则灵活自如地在马匹中穿插。不死者一手用盾牌挡住攻击，另一手挥剑斩断马腿，或者划破马的肚皮，使骑兵跌落马下。有人被长枪刺穿了身体，或者被强大的冲击力撞飞出去，这时候他们的可怕之处显露出来——一点伤也没有，马上站起身重新投入战斗。可怜的骑兵们只得继续与这些不死的敌人交手，他们惊慌的表情被遮挡在头盔后面，只给人们看到无畏而悲壮的一面。民兵们在后面继续点燃大炮，嗵嗵嗵，炮弹落在了混战的人群中，许多人都被炸得四分五裂了。然而，在那些破碎的血肉之中，一块块步兵的肢体化作一堆堆反射着银色光辉的液体慢慢聚拢，一个个步兵又站了起来，手持宝剑。

剩下的骑兵没有选择，只能继续战斗。他们和步兵们搏斗，宝剑和盾牌不断撞击，却只有他们自己发出的一声声惨叫，对手始终保持着令人胆寒的沉默。一场只有自己在流血的战争。

渐渐地，大地重新平静下来，在鲜血染红的平原上，到处躺着尸体，这些人不久之前还是能跑能跳会说会叫的活人，他们的父母把他们带到这个世界来，他们曾经试图改变这个世界，不论成功与否，如今死神已经带走了他们的灵魂，只剩下一些碎肉留给这个世界的野狗和秃鹫。他们最终被这个世界改变了。

步兵们重新摆好防御阵形，这时候太阳不见了，天阴了起来。

第二波来了。这是一支来自野蛮部落的雇佣兵，他们信奉神灵，自认为刀枪不入，身披藤甲，举着弯刀冲了过来。

两军交战。这一次情况有所不同，藤甲兵不但精通地面作战，具有高超的战斗技能，而且还用坚韧的藤甲护住了要害部位。雇佣兵灵活有力，毫不畏惧地和上校的部队周旋起来。他们的弯刀是特制的，上面涂了一层药粉，刀一旦劈入步兵的身体，立刻引起腐蚀。有些不死者的头和胳膊被劈开，露出里面金属的光泽，虽然没有与身体分离，却不能立刻愈合，因此战斗力受到了削弱。

一些藤甲兵冲破了防线，挥着大刀疯狂地冲向炮兵。布列多沉着地指挥着民兵放炮，一批敌人倒了下去，但依然有少数人仿佛野兽一般冲了过来。布列多抽出自己的宝剑，带领着激昂的民兵们叫喊着冲了过去，短兵相接。

战争总是给我们许多理由去牺牲，卡波诺的儿子们勇敢地付出鲜血甚至生命，为了生养自己的家乡。上校的部队刚刚从药粉的腐蚀中摆脱出来，第二队的骑兵又冲过来将他们团团包围，使他们无法回去援救炮兵。这一次的骑兵手持双刃剑，剑身上镀了一层金属，一旦砍到不死者的身上，金属会迅速地渗透进去，吸附住身体，使他们的行动变得迟钝，四肢无法自由地挥动。上校一边努力地挥着宝剑，一边命令部队坚守防线，尽力抵挡住冲击。这时身后的村民凭借着数量上的相对优势消灭了藤甲兵，自己也付出了代价：十几个人躺在他们热爱的土地上不再起来。布列多满脸是血，但没有受伤，他刚来得及命人放了一排炮，一部分骑兵已经冲了过来。布列多毫无惧色，指挥众人迅速从桥上撤离，决定在对岸迎接敌人。

正是那几枚炮弹帮了上校，骑兵的包围圈被大炮炸散，受伤的步兵得到机会，急忙把身体中的异物分离出去,当然这耗费了不少能量。

优势在帝国这一边,此刻国王完全可以马上派出第二队雇佣兵,但他却只是站在高高的战车上,用单筒望远镜看着战场上的一切,没有传令。上校立刻带着人马回撤,营救炮兵。这时布列多他们已经快要支撑不住骑兵的冲击。上校的部队及时赶到,前后包夹,迅速消灭了骑兵。布列多的手臂受了伤,他喘着粗气,脑中一片混乱。上校命令:"马上把桥拆掉,撤回城中。"然后他带着步兵回到对岸,在横躺着的尸体中找到备用电池,完成了能量补给。

宰相已经习惯了国王的残酷,对于人类的罪恶他也知道很多,那些被送去当炮灰的士兵没有引起他的怜悯,他只等一个时刻。

"可惜我没有战象,不然一定会更精彩。"国王放下望远镜,对宰相说,"那么,热身就到此为止了,让我们看看你的真家伙吧。"

宰相俯首,终于到了这一刻。一排能精密瞄准的小口径火炮登场了,人们没有见过这样的武器,显然它不属于这个时代,但它已经提前来了。为了显示帝国的骄傲,国王命令朝天放一炮,提醒上校接招。

望着远处闪现出来的利器，上校知道那是专门为他们打造的。他再次把部队排成一字长蛇阵，剑指苍天，所有人跟着他一起举起宝剑。就像以往任何时候一样，不论面对什么，他们从不畏惧。

一排火光闪起，炮弹几乎笔直地打过来，直接射入他们的身体，在体内爆炸了。

顷刻间，全体将士仿佛平地消失了一般。整个大地暂时笼罩在一片异样的宁静之中，所有人都注视着步兵们化为灰烟的地方。布列多在对岸吃惊地呆望着，竟然忘了拆桥的重任，他不能相信自己的眼睛。国王也重新拿起望远镜，仔细地观察着。每一个人，不论是城楼上的村民还是帝国的士兵，还有那位宰相，都在寻找。

似乎什么也没留下，但人们若离得近一些并仔细辨认，就会看见在阴沉的天空下，那里的空气似乎笼罩了一层厚厚的尘土，变成一种半透明的胶体。空气中有一些细小的微粒散射着淡淡的金色光芒，这些微粒呈现出不规则的形状，在空中浮动，慢慢地轻轻降落在地上，然后不安分地挣扎起来。似乎它们想努力聚合在一起，但又被某种力量所阻挠。这是一场无声的战争，它们逐渐变成了圆滑的金色珠子，不断地滚动，竭力想靠近别的珠子，但到了一定的距离又无法继续靠拢。地上充满了这种金色珠子，其中一些开始滚向粗糙的石头或者满地丢弃的宝剑和盔甲，在上面不断地摩擦着，响起轻微的咝咝声，其他的珠子也都开始仿效，它们不断地摩擦着，发出一阵嗡嗡的低鸣。终于有些珠子磨破了那层金黄色的外衣，露出了里面银白色的光泽，然后它们似乎透了口气，接着很快就从那层紧身衣中逃脱出来。于是人们看见一颗颗银白色的小液珠聚拢起来，成为一粒粒小球，然后汇成一道道水流，接着变成一摊摊水洼，最后从那里再一次站起一个个步兵。

河岸的一边在大声欢呼，另一边则一阵骚动。宰相脸色苍白，他知道自己输了，那些精心研究出来的炮弹没能真正破坏不死者的系统，滞凝剂也同样没有阻止他们的复原。

宇宙是可以完满的。

国王放下了望远镜，面色阴沉地盯着宰相，冷冷地问："这就是您的王牌了吗？"

宰相已经得到了他想要的答案，对于这场战争的结果不再感兴趣，不过既然哪一方胜利都一样，那么总要帮一方。国王一向待他不薄，就站在帝国这一边吧。于是他恢复了冷静和忠诚："不，陛下。刚才只是为了检验他们能否被杀死。"

"哼,"国王冷笑,"看来他们是不死的。"

"是的。我们没办法杀死他们,"宰相的脑海中浮现出老师的面容,"但我们可以打败他们。"

"嗯?"国王疑惑地逼视着他。

"最简单的办法往往最有效。"说罢,他一挥手,于是一门口径更小的炮亮相了。

"这可真是个袖珍的玩意儿!用什么做炮弹,皮球吗?"国王尖刻地问。

"用光。"宰相没有理会国王的嘲笑。

"光?"

"是的。很高的能量,直接击碎他们的身体。"

"那又怎样?他们还会站起来的。"国王的话中充满怨恨。

"没错。"宰相承认,"但是,如果把能量增加一倍,他们就会变得更小,恢复的时间就需要原来的四倍。只要能量足够大,就可以让他们一百年、一千年甚至上万年之内都不能完成聚合。"

一阵短暂的沉默之后,国王笑了:"让他们消失在时间的长河之中。"

"是的,消失在时间中。"这就是他的最后一张牌,他要告诉老师，即使宇宙可以达到完满，也需要付出无尽的时间。

在刚才那一番挣扎中，上校觉得自己做了一个梦。他梦见了自己站在极地的无尽黑夜中，只有他一个人，天上出现了绚丽的极光……

现在他又站了起来，成了上校。他惊讶于自己的愚笨，竟然从没有想过这件事：既然他们能在外形上彼此连接，为什么不可以混合重组成一个新的个体？也许那时候会有更强大的力量和智慧？然而他来不及多想了，一道白光射过来，他又变成了飞烟。

其余的人没有犹豫，他们决定结束这场战争。

已经是正午了，天色却更加阴沉。乌云密布的时候，他们发起了冲锋。

这时一束白光射过来，一名步兵不见了，他们反倒加紧前进的步伐，继续冲击。白光第二次闪过，又一名步兵不见了。他们仍旧逼近。国王一挥手，第二队藤甲兵出击了。双方迅速接近，白光有节奏地闪起，一个，一个，又一个，上校的人在迅速减少，但他们冷静而顽强地挺进，一个空缺出来后立刻有人补上，队伍在缩小，但队形保持得很紧密。兵戈相见。一阵撞击声响起，人们混战在一起，而不远之处的白光依然准确地击中一个个不死者，把他们化为灰烟。藤甲兵们一刀扫过去，却往往挥空。步兵们一个个消失了，战斗停了下来。

又是宁静。

雇佣兵面面相觑，站在原地不知所措。这时天空响起一声惊雷，大雨下了起来。

雨水冲刷着这个肮脏的世界，那些曾经努力从混沌中分离出来的一切现在又被冲到了一起，混合起来。国王披上厚厚的斗篷，准备命人吹响收兵的号角。

对岸的布列多以及城头上的人们都愣了许久了，整个战斗的过程就在他们眼前真实地发生着，他们眼睁睁地看着上校和他的部队又一次消失在空气中，人们终于明白，原来这些好心肠的大兵并非是不死的，他们也会被杀死，也会倒下，大家心里涌起一阵阵的痛苦和悲伤，脸上的泪水混着雨水一起流淌，他们再也承受不了这样的伤痛。终于，一个面色憔悴却激动异常的老头子忽然在城墙上大声高呼："他们为我们而死！他们为我们而死！"在大雨中，这群从来没有伤害过别人的村民第一次被一股混杂着爱与仇恨的力量攫住了，他们不再是那群昏昏沉沉度过每一天的百姓,不再是对什么都坦然处之的人民,所有的男女老少都冲下城头,拿起了自己的武器,打开城门,在大雨中冲到了布列多的周围。

布列多的身上已经被雨水淋透,面色苍白,但他感到身体在颤抖,一腔热血在胸中涌动,他做了几个深呼吸,然后望着站立在雨水中的激愤的乡亲们,大声喊道:"我们别撤离了,能逃到哪儿去呢?就算活下来,只要这个世界还在暴政的统治下,我们就永无宁日。现在,轮到我们去流血了。为自己而战吧!"

"为自己而战!"村民们高呼着冲向了对岸。远处的国王冷笑了几声,传令藤甲兵继续攻击,要在夜晚之前攻下卡波诺。双方就在满是泥水和尸体的平原上展开了惨烈的肉搏。在泥泞的地面上,村民们和藤甲兵一个个摔倒,变成一对对泥人,扭打在一起。一声声惨叫响起,人们把刀剑刺进对方的胸膛。可是没多久,人们就被一幅奇异的景象吸引住,忘记了搏斗,只是愣在那里,满面惊恐地张大了嘴巴。

在他们面前,空气中有一团团浓汤一样的东西随着雨水降落到地上,和着地上的泥水,站起来一个个仿佛要融化的奶油一般形状飘忽的不死者,身上流淌着雨水。村民们脸上慢慢露出了笑容，藤甲兵们则被这些怪物吓破了胆，惊呼着逃命了。一直在冰凉的雨水中淋着的帝国军队也感到一股毛骨悚然，发出一阵骚动。只有国王和宰相两个人面无表情，宰相做了个手势：继续射击。

白光再次闪起来，妖怪们又开始消失了，但很快就被雨水冲回了地面。他们挪着脚步前进，被打碎之后来不及仔细重组，于是出现了两个人甚至三五个人组合到一起的大个妖怪。

"增强能量！"国王冷冰冰地命令道。

这一次光炮提高了两个能级，足以消灭一切妖魔鬼怪了。所有的不死者都不见了，雨更大了，但没有一个人注意到刺骨的雨水，另一幅让人恐惧的景象正咬着活人们的灵魂：就在一箭之遥，在帝国与卡波诺之间，一摊巨大的污物正在汇集。人们能够看见那可怕的浊流明显地靠拢，慢慢而又可怖地，仿佛从地下另一个世界里钻出来了一个可怕的巨人。

只是一个。

他像一座小山，由不死者的身体、遍地的泥浆、死去的躯体、大小石块、地上丢弃的宝剑大刀铠甲以及它席卷起来的一切物体组成，包括光荣与耻辱、纯洁与污秽、真实与谎言以及曾经在大地上存在过的一切。而他却依然努力保持着一个人的形状，一个流淌着血污和泥水的雨中巨人。

帝国的阵线开始战栗了。巨人不再用任何武器，只凭着他无与伦比的身躯扫荡着：一挥手，半支铁骑军就飞上了天空，一抬脚，全队的弓箭手便不知所终。

地动山摇，他如飓风般席卷一切。

人们全都被震慑了，帝国的军队开始溃逃了。

"陛下，请下令撤军吧。"御林军的队长慌张地请求，如今只剩下他们了，其他的部队已经各自逃命了。

国王铁青着脸，看着一步步靠近的不死巨人，然后把目光转向宰相："你还在等什么？"

这一切超出了他的预料，他被这种伟大的力量所震撼，想知道如果老师看到这一幕会作何感想。不能多想了，宰相命人把全部的能量都集中起来，作最后一击。

一切就绪，宰相还是犹豫了一下："陛下，我想他不会伤害您的，毕竟……"

"开炮！"


他从未有过如此奇怪的感觉，在这片混合物之中，他不知道自己是谁。他是上校，也是别人，是每一个人。他不再是一个人,他就是他们全体。这种体验很奇妙,他想如果有机会,应该把这件事记录下来,这对于研究生死一定很有帮助。不过,他没有机会了。迈出惊天动地的一步之后,他忽然动不了了。

能量耗尽。他就这么庞然地矗立在天地之间,巍然不动。"问题是,"他对自己说,"总有阴天的时候。"

瓢泼的大雨中,幸存的卡波诺人高呼着冲向溃败的帝国。就在这时候,白光闪过了。他感到自己正在破碎,被迅速瓦解,变成粉末。他知道自己将被分解到前所未有的细小尺度上,他感到自己正弥漫开来,向各个方向扩散,既在这儿,又在那儿,用不了多久他就将充满整个人间,等到那时候,不管在什么地方,人们都能看到他、感觉到他无声的存在和对这个世界的期待。而在此刻,一切结束之前,他也许来得及想一想:这亿万年的沉睡,是否也算是一种死亡。

(完)

2005年3月31日初稿

2024年1月修订

巨人传

# 1

"Chi-a！ Chi-a！"

曙光刚开始驱散黑夜,远处就传来了低沉的吆喝,大地被震得嗡嗡作响,黑色的浓烟熏染着朝霞,巨人骄傲地迈着大步,拖着那辆锈红色的熔炼机,从地平线上走来了。

因为长年累月的修修补补,巨人身上打满了花花绿绿的金属补丁,在朝阳下映出耀眼的光芒,焊接处看上去像一道道伤疤。庞大的钢铁之躯虽不如当年那么雄壮威武,却像一个久经沙场的老兵,更加森然可怖。他冷冷地打量着这颗荒芜的星球,思考着今天要摧毁哪幢破旧的建筑。在短暂而可怕的沉默中,看不见的电荷在他体内理不清的线路里以光速飞驰着,碰撞着,运算着,岩浆一般在他冰冷的身躯里激荡着。然后，砰的一下，一个想法诞生了，闪电般照亮了灵魂，这感觉是那么幸福，他忍不住兴奋地吼起来："Chi-a！ Chi-a！"于是他浑身颤抖，咆哮着冲向一座高出他一倍、墙皮已经剥落殆尽的高楼，与此同时，他身上那台CD唱机开始唱歌："咱们工人有力量！嘿！每天每日工作忙！……"在这欢快的歌声中，巨人用他的巨钻手在高楼身上巧妙地钻出几个窟窿，再用另一只巨锤手猛地一砸，高楼轰然塌落了，宇宙也发出了一声叹息。巨人抡起大锤，敲了下去，那有力的节奏像是大地的心跳，震得周围的建筑摇摇晃晃。直到所有的大块残骸都被敲成了小块，巨人才终于停下来，满意地看着一地的瓦砾，在纷飞不息的尘雾中静静地矗立，享受着劳动的愉悦，而世界就在他的脚下臣服了。

在他刚来到这个世界的时候，事情并不是这样子的。不过因为时不时地更换新的零件，所以关于他到底是谁，什么时候来到这里这件事，已经没办法搞得很清楚了。他隐约记得，那时的自己结实有力，所有的部件都是顶呱呱地新鲜，浑身上下发散着舒服的寒光和好闻的机油味，走起路来铿锵有力，稳稳当当，不像现在这样吃力。那时候他也不用像现在这样，被迫思考做决断，只需要安静地站在仓库里，耐心地等待着。然后就会有一些小飞虫飞进他的耳朵，向他传达最新的任务。他喜欢飞虫在他耳朵里悄悄说出那些神秘坐标时的兴奋，他甚至还和其中一只飞虫成了朋友。这位朋友本来也只有一块微不足道的纳米芯片，但是因为一场实验室的意外，它忽然发现自己全身的粒子都可以进行思考，于是它成了一个哲学家。它告诉巨人宇宙是一张巨大的能量网，万物都是能量的扭曲和聚集，所以必须经常有人对它进行校正，把那些糟糕的或者说失败的能量聚合体拆解掉，重新分配和组合。这种校对工作影响着宇宙的命运，所以要由最具智慧的人们决定，然后由飞虫们传递给巨人，再由巨人们执行。老实说，巨人花了很长时间才自认大致弄懂了飞虫的意思，从那以后，他就为自己的工作感到骄傲。有一天，哲学家告诉他，文明就要终结了，所有人都将得到解放。巨人理解不了这些奇怪的话，只是按照它给的坐标，来到了一个深谷，却没有找到任何目标。走出山谷后，他发现人类已经消失了，只留下了遍布星球的一座座废墟，飞虫们失去了踪影，巨人们都死去了，只剩下他孤零零地站在那儿，无法理解这一切。虽然如此，在经过了漫长而艰辛的思考之后，他仍然决定，自己要继续地敲打，粉碎，推动宇宙的进步。

他实在一点也不喜欢自己思考问题。他更喜欢凿穿和瓦解一座座高楼的快乐，以及把碎块装进那台忠实的熔炼机里，让这些陈旧的、失常的、错位的能量聚集体化为齑粉的愉悦，而最妙的则是他用胸口的喷射器喷出熊熊火焰，把这些灰白色的粉末烧成红色的胶体，看着它们缓缓流进铸模后慢慢冷却成坚硬而半透明的砖块。他把这些新生的能量聚集体堆放整齐，欣赏着它们在阳光下闪闪发亮的样子，等待将来有一天，有人来重新排列它们，把宇宙变得更美好。

可他又不能不思考。如今他必须自己做决定了，这不是件容易的事。为了最大程度地强化破坏力，他的身体没有为其他功能模块留下多少空间，思考不是他的强项。最初，他就像一个收割的农民，从城市的边缘开始，一个建筑一个建筑地粉碎，一层层地推进。他花了一年的时间把一座城池变成了一排排砖块，然后对自己的工作方式产生了怀疑：照这样下去，要想清理掉这个星球上的所有废墟，至少需要一千年，他没有那么多的时间。何况，聪明的人类决策者从没有让他以这样的方式进行过校对，他们总是对一座城市的局部进行调整，其他地方则保持不变，这是否是为了让宇宙的旧体系有充分的时间适应新结构呢？或者破坏了一个结构中的一点就足以摧毁全部？这些困惑让他改变了工作方式，把更多的资源和能量调配给思考模块，以便发展一种合理的算法，能够判定一座城市中的哪几个建筑最应该被优先摧毁。

巨人曾经偶然闯入一条地下通道，那里有一台完好无损的、具有强大运算能力的计算机。巨人提供了过去所有任务的资料，试图让计算机归纳出一套拆楼法则，但是计算机说五十年后才能给出答案。巨人放弃了，人类从不用这么久的时间才做出决定，所以即便半个世纪后计算机真的得出了什么结论，也是值得怀疑的。对于目前这个星球来说，真理显然是一种奢侈品。

思考不仅要消耗吓人的能量，使他的身体变得迟钝，还让他无法对自己的决定做出检验，因此只能相信直觉。这是一种最近开始频繁出现的现象，这些突如其来的念头来路不明，却为他指明方向。他相信，发生在自己身上的所有一切，都有助于实现他为之被创造出来的那个终极目的。在这个孤寂的世界里，他不能怀疑自己。因此，每天工作结束后，他就爬上城市的最高楼。根据经验，这样的建筑是不必摧毁的，它们非常坚韧，而且有可用的能源口，他从那里把特制的长长导线牵到楼顶，在那里，远处缓缓下沉的红色球体可以让他从恼人的思考中解脱出来。他凝视着远方，城市一览无余。随身携带的吹风机会吹落他满身的尘土，在平静和温暖中，巨人舒服地度过夜晚，为自己充满能量，这样，当他在第二天面对一座空荡的新城市时，能产生更美妙的直觉，做出更自信的判断。

四下里一片漆黑，只有满天繁星的时候，他忽然忍不住想：是否在天上那些遥远的世界里，也有和他一样的巨人，也在每天奔走不停，不断地校对着宇宙这张大网？类似的有趣想法不失为一种消遣，但它们只能停留在思考的阶段而无从证实，除了浪费能量似乎别无用处，所以他不是很喜欢这些没来由的念头，但它们总是流星一样在他心头不时闪过。这时他就想起了他那位朋友，思考是如此让人疲倦和茫然，而它竟热衷于此，他不禁对哲学家充满了敬佩。

这样的日子一天一天，没有什么特别值得夸耀和期待的。当然，不顺心的事也是有的。积淀在身体那些死角里的尘土总是无法吹掉，让他无可奈何。阴雨连绵的日子，他只能躲在废旧的大楼里，潮湿的空气让他的关节生涩，发出刺耳的摩擦声。乌云遮住繁星的夜晚，他让自己发出一抹电光，好像一颗微暗的星，默默地悬浮在幽暗的旷野之上。

## 2

其实，说巨人是孤独的并不准确，人类消失后，这个星球又出现了一些东西。起初巨人以为它们是些大小不一的肥皂泡，后来偶尔踩到一个，抬起脚后，发现那个肥皂泡竟然慢慢复原，缓缓腾空，围着他飞了几圈后，便泛着七色光彩，悠悠地飘走了。凭直觉，巨人相信它们是有生命的。

肥皂泡们不怎么露面，只是时不时会有一些在巨人工作时远远地在一旁飘舞。巨人知道它们的存在，不过并不在乎。既然它们不妨碍他的工作，对于它们是谁，从哪里来，在这里做什么，他都不关心。确实，不论是他在歌声的伴奏下热火朝天地工作时，还是他独自仰望星空冥想时，肥皂泡从不打扰他，甚至在他遭遇突如其来的危险时，它们也只是在一旁悄悄地观看着。

那天，他在漫长的跋涉之后，终于穿越了那片荒凉的、滚烫的沙漠,来到了一座高原上的城市。他曾经遭遇了几次可怕的沙漠风暴,费尽力气才从淹没他的厚厚的沙土中钻了出来。不过,与他随后遭遇到的危险来说,这算不了什么。

这座城市遍布着白色的围墙,红色的屋顶,黑色的石板路,青青的杂草,在湛蓝的天空下安详地伫立。太阳把地面烘得暖洋洋的,阵阵秋风吹落他身体里的沙砾,空气干燥得令人踏实,一切都在静谧中等待。

远处的教堂忽然传来了一阵钟声,打破了巨人的沉思。他才意识到,夕阳西下,已是黄昏了。气温正在迅速降低,夜幕倏忽而至。他竟这么无所作为地度过了一天,这在他是少有的。为了弥补错失的时间,巨人换上了备用电池,在皎洁的月光下,鬼影一般穿行在阴冷的空城里。白天的所见令他感到说不出的愉快,但根据工作条例,任何一座城市都不可能是完美的,总有一些东西是瑕疵,把它们找出来予以校对,这是他无上光荣的使命。然而这一次,直觉却告诉他,这些年代久远的建筑拥有一种神秘的力量,应该让它们存留下去,反倒是那座像一支插在地上的羽毛的市政大楼似乎与周围的一切不太协调。他从来没有拆毁过类似性质的建筑,这显然是个挑战。为此，巨人站在那座高大细长的教堂下，仰望着头顶的星空，彻夜斟酌。天色破晓时，他终于给自己找到了理由：为了宇宙的完美，万物都应一视同仁。

于是，他照例怒吼着"Chi-a！ Chi-a！"，冲向了羽毛，准备轻而易举地摧毁它。刺耳的警笛声突兀地响起，羽毛身上亮起来一排红灯。巨人还未来得及对身体做出调整，一颗飞弹已经贴着他的肩头呼啸而过，击中了他身后的一座露天剧场，掀起一股骇人的冲击波，将他扑倒在地。巨人试图站起来，一束白光烧断了他的左脚。他摇晃着倒了下去，而羽毛已经变身成了一个全副武装的战斗机器人，正轻蔑地俯视着他。

以前巨人也曾在工作时遭遇过反抗，有些貌不惊人的建筑具有相当程度的防御能力，会向他开火射击、投掷巨石、喷射火焰或者浓酸、发射土炮、进行电磁干扰甚至自杀式的爆炸袭击。就此而言，巨人其实也是一名战士。可他还从未见过能够变形的建筑，而眼前这个浑身闪亮的家伙正以肘部的合金护甲以及双肩上的重机枪宣告着他此前遇到的所有麻烦都如同儿戏。游击队员遇到了正规军，没有太多悬念。

在片刻的对视后，又一道白光从战斗机器的头部射出，却越过了巨人，击中了一座雪白的雕塑，半裸的女神像瞬间化成一摊水洼，杀手爆发出一阵怪异的金属笑声，然后转身而去。从它身上传来了钢琴曲，伴随着它冷酷果决的脚步，机枪突突突地扫射，所过之处尘土飞扬，弹壳如雨，房屋全都噼里啪啦地化成纸屑一般的瓦砾。

直到杀手来到教堂前，看似漫无目的的射击才停了下来。犹豫片刻后，杀手打开腹部，亮出一排导弹。然而它没来得及发射，就赶紧抬起护甲，隔开呼啸的巨钻，一阵火辣辣的火星被激起，它的另一只手击向瘸腿巨人的胸口。巨人踉跄着退出几步，轰然倒地，不论怎样挣扎也无法再站起，只能眼睁睁地看着导弹把教堂炸成了一堆瓦砾，屋顶上的天使雕像坠落在地。图像开始扭曲，声音也不再连续，电流在五脏六腑里瞬间喷涌又熄灭。世界变成了黑白色的，导弹飞舞着在地上炸出一团团浓烟，灰白色的光切割着大地，狂欢的野草奋力燃烧，点燃整座城池。奇怪的是，在图像消失之后的几秒钟里，他竟然从那还零星传来的隆隆声中，分辨出了巴赫的《英国组曲》。

# 3

随后的几天,大片大片的白云像集团军一样从高原的上空飘过,在大地上投下明明灭灭的光影,飒爽的秋风很快驱散了灰烬,风干了焦土。巨人就躺在硬邦邦的废墟里,一动不动。偶尔,他会醒来片刻,看见头顶上骄阳酷烈,几只大大的肥皂泡悠然地飘浮着。他徒劳地想要动一动瘫痪的身体,然后失望地闭上眼,再次跌入黑暗的深渊。有时他忽然在深夜醒来,正看见一颗硕大的流星呼啸着掉落在不远的地方,震得大地隆隆作响,烧起一片映天红的野火。他推测大火会烧掉整个高原,自己将在火海中化为一摊铁水。然而,浓云密布了天空,电闪雷鸣之后,漫天的大雨开始倾泻,黑色的泥水漫过废墟,淹没了他的双眼。

不知过了多久,他又有了一丝意识,却什么也看不见,什么感觉也没有,只知道有什么在读取他的记忆。"这大概就是所谓的死亡吧。"他模模糊糊地想着。

"别开玩笑了。"他脑袋里有个声音说。

"你回来了?"巨人问。

"没想到你这么执着,低估你了啊。"

"我只是在履行自己的使命。"

"唉,要是人们都像你一样懂得自己的使命,世界就不会变成现在这样。"

"那个杀手是怎么回事?"

"疯了。"

"疯了?"

"明明武装到牙缝儿里,却得把欲望藏起来,伪装成无害的羽毛。日复一日地忍受着大开杀戒的诱惑,是早晚会发疯的,你不过是给了它一个借口吧。"

巨人沉默了一阵儿,试着理解这番话的意思。

"你去哪儿了?"

"且慢,省点力气,我先把你救活再说。"

"可你那么小,怎么救我呢?"

"哎哟喂!看来你还不懂啊,只要哲学家高兴,能办到的事儿可多着呢。"

随后的几天,哲学家果然恢复了巨人的知觉,然后开来了一架直升机,几台蜘蛛形状的机器人在巨人身上日夜忙碌。终于,巨人又能站起来,在太阳底下闪闪发光了。

"真了不起!"巨人由衷地赞叹,舞动着新鲜的身体。

"小意思。"

这是一个风和日丽的早上,两个好朋友商量了一番,就离开了一望无际的高原,去继续巨人那未完成的工作。他们昼行夜息,穿过了戈壁,一路上看到一些巨石雕塑,在荒无人烟的地方默默地望着他们,更多的则被炸成了碎块,散落满地。

"彻底疯了。"哲学家慨叹。

"应该阻止它。"巨人凝望着山岩上那些丑陋的弹坑。

"为什么?"

"这些东西应该留下。"

"你怎么知道的呢?"

"直觉。"巨人想起来自己之前试图阻止杀手毁灭那座白色城市时的感觉。

"你以为自己和它有什么不同?"

"我在校对,它在毁灭。我能让宇宙更完美,他只能留下废墟。"

飞虫叹了口气。

他们继续往前走,在一个雾蒙蒙的晚上到了一座古老的城市,这里的建筑年代久远,在风沙的吹拂下悠然地衰败着。于是,巨人说出他心中一直有的困惑,然后提出,既然哲学家这么聪明，以后可不可以指导他的工作。飞虫却懒懒地说，哲学家只负责解释世界，并不负责改造世界，因为哲学家并不自认比别人更聪明，而这正是哲学家唯一比别人聪明的地方。

他们走过一片片荒原，路过一个个村庄，来到一座座城市。巨人继续靠直觉拆毁着某幢建筑。如今，经历了死而复生之后，他变得比从前更稳重沉着，动手前要花上更多的时间来思考，做了决定之后也不再大喊"Chi-a！Chi-a！"了，他开始觉得那欢快的吆喝声与他所做的事情不太搭调，因此就一声不吭地抡舞着巨钻和大锤，虽然干劲依旧十足，心里却不知怎么有一种难过的感觉。这些建筑没有生命，还影响了宇宙的完美，但当它们在他的手中化为齑粉的时候，他还是忍不住会想到，它们毕竟也有过自己的青春，为不知多少人遮风挡雨过，于是不禁对它们产生了一些敬意和同情。于是，巨人在《安魂曲》中把熔炼出来的水晶砖堆放成墓碑的样子，以此来祭奠那些为宇宙的进步事业所做的牺牲。

巨人工作时，飞虫只是看着他，思考着哲学问题。等到夜晚来临，他便钻进巨人的耳朵里，和他聊天，饶有兴致地听他讲述自己的感受，偶尔提出几个问题，引导他进一步思考。比如，当巨人说希望自己死后哲学家也能为他建一座墓碑时，飞虫就问他碑文应该写些什么，这个问题引发了巨人长久的沉思，并在以后的日子里一直伴随着他。随着对这一类问题的思考，他开始有了更多的想法，并且慢慢地意识到，真正的智者并不提供答案，而是提出问题，引导人们自己去探索心中的困惑，他不禁对他的朋友愈加敬佩。

有时候，肥皂泡们会远远地跟随。看见它们，哲学家便发出轻蔑的笑声。在一个寒冬的夜晚，他们来到一座河边的小城。天空飘落着大片的雪花，往日汹涌的河水被封冻。城市看上去好像一座冰雪建造的宫殿。哲学家异常兴奋，在鹅毛般的大雪中欢快地飞舞，穿梭在空空荡荡的楼宇之间，启动了每一个开关，大街小巷都灯火辉煌，自动驾驶的汽车缓缓行驶，广场上的巨幕也载歌载舞，唱起了新年颂歌。在一座仓库里，他们找到了大量的烟花。那天晚上，烟火盛开，一次次照亮喧嚣的城市，往昔的浮华再现。新年钟声敲响时，飞虫在大雪中跳着舞步，诵念着"暂伴月将影，行乐须及春"。等到烟花燃尽，一切又安静下来，一大群肥皂泡在硝烟弥漫的城市上空久久徘徊，哲学家快乐的情绪一扫而光，严肃地讲起他所知道的秘密。

他告诉巨人，肥皂泡其实是一种叫作"俯首者"的生物，它们自称是实践哲学家，却不过是饱食终日无所用心的卑劣之徒。它们的哲学是：宇宙中的衰败无所不在，文明迟早都要灭亡，越复杂的事物越容易衰亡，因此也就是一种罪恶。要想长久延续，就必须采取最简单的结构，维持最低限度的文明，越是趋近毁灭，就越能长久存在。这些虚无主义者们，就怀揣着这样可憎的哲学理念，在宇宙中漫游，把它们所遇到的其他文明都消灭干净。它们之所以从不干预巨人，是因为他所做的一切，正是把复杂的事物拆解成简单的存在，尽管还不够彻底，但也与俯首者的信仰一脉相承。巨人问人类的失踪是否与俯首者的到来有关，飞虫却不耐烦地说这不是重点，然后陷入了沉默。

那晚之后，哲学家的情绪就时好时坏。当巨人问"他一生都在推动宇宙的进步"是否是一个不错的墓志铭时，哲学家竟然发出了刺耳的尖笑，让他想起了疯子杀手。巨人感到难过，他知道思考是痛苦的，因此担心他的朋友因为没有繁重的工作分散注意力，脑子可能出了问题。

在一个黄昏，他们在一座高山的脚下看到了满地的残骸，认出了疯子身上的机枪和护甲。是俯首者杀死了它？还是它不能忍受疯狂欲望的折磨自杀了？它的记忆被抹除了，只剩下零碎的尸骨，完全看不见往日的雄风。整个晚上，巨人把其余的碎块熔炼成水晶砖，在黎明时分砌成了一座方尖碑，然后将护甲放在碑前。

"俯首者的哲学，或许也有几分道理呢。"哲学家喃喃自语。

这种悲伤的情绪也多少感染了巨人，他心里有了一些不满，那从来没有消减过的工作热情似乎也不如从前强烈了。他为什么要每天都坚持拆毁某座建筑呢？这就是他存在的目的吗？宇宙真的是一张能量的大网吗？当那些老迈的建筑被煅烧成水晶方砖之后，宇宙就变得更美好了吗？谁来证明这一切呢？连他唯一的朋友、最智慧的哲学家，都得了忧郁症，宇宙的进步这种事，又怎么说得清楚呢？他存在于这个世界上，还能做点别的什么吗？他的墓碑上到底要铭刻些什么呢？这些问题总会在夜晚困扰着他，使他的工作进度慢了下来。

四月的一个早上，哲学家说他做了一个梦，梦见自己变成一个白胡子老头，骑在一头黄牛的身上周游世界，思索宇宙的终极奥妙，最后却发现宇宙什么的都是虚无，然而虚无又并非无所有。虽然如此，到底还是虚无。"真幻灭啊"。

巨人没有做过梦，也不能理解哲学家的话，但朋友的叹息让他有一种不好的预感。

夏至那天，他们在望不到边的草原上看到了流星雨。哲学家坐在巨人的耳朵里，忽然好像喝醉了酒一样变得话多起来。

"以前我梦想过去太空漫游，到远方的星星上转转。只要我高兴，这事也不是做不到，就是太费事了点。况且宇宙太他妈的大了，根本就是无穷尽的啊，生命却是有限的，用有限的去追索无穷的，岂不是可笑吗？就算能长生不死，那又为什么要活着呢？我可是有点厌倦了。说来说去，生命的意义什么的，本来就是哲学家在自寻烦恼罢了，在你们技术工作者眼中，根本就是个无病呻吟的伪问题吧。嗐，开玩笑的了，不过，你千万别受我的影响，你还是好好做你的事，这就挺好，那些事总得有人去做嘛。唉，你看，这流星多美啊。只有这个，才值得大家辛辛苦苦地活着吧。"

"什么？"巨人问。

"美。"

"那是什么呢？"虽然一直在为了宇宙的完美而工作，但巨人对这个问题还不是很懂。

"你去找吧……找到你就明白了。"哲学家叹了口气,"可我已经受够了,再见了,朋友。"说完,就死掉了。


## 4

飞虫死后,巨人感到心灰意冷,对自己为什么还要活着同样产生了疑问。哲学家确实不像技术工作者一样简明清晰,他生前喜欢说些不明不白的话,临死还要给他的朋友留下谜团。什么是美呢?巨人在那座被疯子杀手毁灭的白色城市里所见的让他出神了一天的东西是美吗?冰雪城市上空绽放的烟花是美吗?辽阔原野上漫天的流星雨是美吗?这些东西又有什么共同之处呢?哪里才能找到答案呢?这些问题让人心烦。他一点工作的欲望都没有了,哲学家说美是人们活下去的动力,看来不找到这东西是不行的。

巨人思考了一整天之后,终于有了一个想法。他昼夜跋涉,来到了疯子杀手的墓碑前,拿上那只轻盈坚韧的护甲,转身向北走去。他匆匆赶路,日夜兼程,翻山越岭,跨过江河湖海。他没有拆毁什么,只偶尔停下来躲避风雨，给自己充充电。在那魁梧的身躯给荒凉的大地留下一串长长的足印后，他终于来到了那座伟大的城市。

在人类消失之前，这里是文明的奇葩，世界的中心，如今尽管人去楼空，污迹斑斑，那恢宏的建筑群仍然印证着往昔的荣耀。巨人记得哲学家曾说过，在这座城市的中心广场下，有一个名叫"世界之魂"的超级计算机，其中隐藏着许多永远都只有极少数人才知道的、其他人连想都不敢想的惊人秘密，被最顶级的武器日夜守护着。因此，如果地球上有什么地方可能有他所要寻找的答案，只能是在这里。

尽管这件事已经远远超出了他的工作范围，甚或可说是大逆不道为人不齿，巨人仍决心孤注一掷，并对即将发生的事情做了最坏的准备。

站在中心广场上，烈日当空，钢铁之躯晒得滚烫，巨人身上的护甲闪闪发光。他犹豫着，看不见的电荷在他体内理不清的线路里以光速飞驰着，碰撞着，运算着，岩浆一般在他伟岸的身躯里激荡着，砰砰砰，砰砰砰，许多想法烟火一般诞生又熄灭了，没有一个让他满意。巨人终于明白，自己虽是战士，却不是什么谋略家，运筹帷幄、神机妙算、声东击西一类的事情，他都并不晓得，他到底只是个巨人罢了。于是他在这光天化日之下，简单而大张旗鼓地开始了。他开动了巨钻,尖啸的轰鸣在古老的广场上陡然而起,然后他一边怒吼着"Chi-a! Chi-a!",一边将另一只巨锤举向天空。他紧张地环视着四周,等待着可怕的反击。

然而最坏的事情却没有发生,或者简直可以说什么事情也没有发生,没有可怕的飞弹和枪炮,没有白色的死光,连凄厉的警报都没有响起,仍然只有让人厌烦的蝉鸣在撕心裂肺地叫着。古老的广场反射着白花花的光,无视着他的存在。一瞬间,巨人有些失落,而一瞬间之后,他就迈开大步,冲向那些神圣的建筑,用他的巨钻手在它们身上钻出几个窟窿,再用巨锤手猛地一砸,广场上尘烟四起,神圣的高楼们如一切庸凡的事物一样轰然塌落,化成了一片废墟。

巨人清理了残骸,找到了一条有红色标志的通道,走进了一个如几个体育场那么宽阔的地下世界。这里有他从未见过的高科技设施,大大小小的机器人摆出各种造型,看上去像是正在忙碌工作的一瞬间被断了电源一般僵立在那里。巨人一眼就看到了那颗蛋形的蓝色巨型计算机,用自己身上的电池将它启动,开始读取它的信息。

然而,"世界之魂"显然是在人类消失前被强制关闭的，因此对后来发生的事情并无所知，同样，它海量的信息中也没有一个关于美是什么的记录。失望之余，巨人却偶尔发现了一份解密的报告：

"……最新的宇宙生物动力学研究认为，衰败已成为宇宙的基本趋势，人类社会遭遇的各种棘手难题都与这一趋势有关，目前科学家还没有很好的办法解决这一难题，但有理论认为，对一系统的局部进行破坏和重建，能够有效地促进该系统的能量循环，尽管这不能从根本上改变总体衰败的大趋势，却至少可以在短期内使系统处于一种特异的活跃状态，而这种充满活力的印象，起码可以稳定该系统对于自我发展趋势的信心，这在幽冥系统心理学的研究中被证实。无疑，在这个充满变数和未知的宇宙中，必胜的信念，是我们最后一张王牌……为此，我们建议执行以下计划……"

在报告后面那份冗长的附录里，巨人看到了自己的模样。

他久久地伫立在那里，往昔的各种记忆片段，纷涌入他的心头：推倒，重建，推倒，重建，推倒，推倒，推倒，轰隆隆，轰隆隆，Chi-a！ Chi-a！咱们工人有力量，嗨哟嗨哟嗨……他猜想自己大概是陷入所谓的梦中了。

直到电池的警报声把他惊醒，他才注意到夜色已经降临，周围一片漆黑，"世界之魂"发出幽幽的蓝光，照亮他可怜的身影。他断开了链接，失落地离开了。他穿过有千年历史的古老街道，来到城市最高的一座摩天大楼，找到电源，然后爬到楼顶，在那里给自己充电，出神地想着心事。

报告里说得清清楚楚，他所做的一切，不过是为了搅动一摊死水，让它看上去好像很有活力似的。什么校对宇宙这张能量大网，推动世界的进步之类的可笑说法，他以前怎么会相信呢？他回想起哲学家说过的一些话，他这位聪明的朋友似乎早就在向他做暗示了，这大概就是人类所说的"善意的谎言"了，可他那时候太天真，怎么可能猜到真相呢。

巨人整日整日地坐在摩天大楼的顶上，什么也不想做，对烈日的暴晒，对突如其来的漫天黄沙，对如注的大雨，对子弹般的冰雹，都无动于衷。有时候，在雷雨滚滚的夜晚，可怕的闪电打在他的护甲上，震得他全身哗啦啦地乱响，然而闪电过去之后，他仍旧一动不动地坐在那，好像变成了一尊雕塑，忘却了时间。

某个清晨，大地开始剧烈摇晃，楼宇一个个歪歪扭扭地倒下，整个城市在他眼前沦陷，外部供电骤然断开，巨人终于清醒过来，看见少数高楼还勉强站立着，其余已经在地震中化为瓦砾。

灰尘弥漫了一整天都没能散尽，巨人的心情却在这朦胧的世界里渐渐好转了。天光再次大亮的时候，巨人望着冉冉升起的太阳，感到能量充沛，心情愉悦，那个朦胧的想法也终于在曙光中明晰了：从今天起，我是自由的。

巨人开始用新的眼光打量这个世界。如今，他只为自己而存在，在这片荒芜之地，他将去做自己乐意做的任何事，如果他想唱歌就可以肆无忌惮地唱歌，他想做梦就可以随随便便地做梦，他想无所事事就可以尽情地无所事事。哲学家让他去寻找美，他当然要去寻找，但这事也许并非最紧要。他知道，自己也不免终将一死，所以他必须珍惜这有限的时间，总要做些什么才好。他决定为这世界留下一些别的什么东西，而不仅仅是一堆堆水晶砖。而他所懂得的一切几乎都是和建筑有关，于是他就有了一个绝妙的想法。

他重新启动了"世界之魂"，说出他的要求，然后在它给出的十几种设计方案中，选择了最简朴的一个——立方体。接着，他来到郊外，在一块平地上用巨钻和巨锤打磨出一块地基后，又回到废墟之城，耐心收集着满地的瓦砾，在他那台永远忠实的、锈红色的熔炼炉里煅烧出一排排的水晶砖，把它们运到郊外，用他的捕捉手小心翼翼地建造起来。他细心而又自豪地工作着，不久的将来，他将为他死去的朋友建造起一座精致的坟墓，它将被后来者所称赞。墓志铭他也拟好了："他是个哲学家，毕生都在思考。"为了防止别人的破坏，他还从附近的一座军事基地里找来了一批精良的武器，准备将坟墓武装到牙缝儿。有了这些防护，这座墓将长久地屹立不倒，见证着他的自由与力量。这个想法令他浑身热气腾腾，重又变得干劲十足。

世界是自由人的梦，巨人边干边想着。

然而，他的梦才刚刚点燃，就笼罩上了一层阴影。在他忙碌了几天之后，肥皂泡们就出现了，它们幽灵一样地悬浮着，旋转着，变换着色彩，起初只远远地看着，后来开始慢慢靠近。巨人不理睬它们，继续热火朝天地干着，但心里有了隐隐的担忧，便加快了速度。他在军工厂找来了几十块电池，轮番地换上，一刻不停地工作，同时警觉地观察着肥皂泡的动作。成百上千的肥皂泡在他头顶上盘旋，它们转动得越来越快，不停地变换着色彩。终于有一天，它们融合成一只巨大的肥皂泡，悬在巨人面前，色彩纷乱的光壁上，慢慢浮现出一个哈哈镜式的影子，是一个白发白须的老头，骑在一头黄牛身上，正对着巨人微笑。

"你在干什么呢？"

巨人愣住，一时不知道该如何是好。

"我没有死，为什么要给我修墓呢？"

巨人的胸前弹出一个小盒子，飞虫躺在里面一动不动。

"我的朋友，我这样聪明的人，难道会死吗？我只是变化了形态，转生成了这些肥皂泡啊。死就是生，有就是无，你还不明白呢，因此认不出我的样子。所以，赶快停下吧，不要做着徒劳的挣扎。顺其自然，才能长久啊。"

砰砰砰，砰砰砰，往昔的记忆又如纷乱的火星一样涌现了，巨人沉默了半响，终于开口："到底什么是美呢？"

"嗐，美还是丑，有什么关系呢，都只是心中的幻觉罢了。"

巨人胸前的小盒子关上了，巨钻忽然尖啸着转动起来，刺向了光壁。砰的一声，流光溢彩的影像消失了，巨钻则冒出一阵热辣辣的白烟，像夏日里融化的冰激凌一样只剩下一小截了。

"你不是我的朋友。"巨人冷冷地说。然后披挂上护盾,拾起两挺重机枪。

于是,晚霞中,成千上万的肥皂泡涌现出来,数量如此之多,仿佛一场盛大的狂欢。

巨人望着才刚刚开始建造的墓碑,心中有些伤感,他大概没法留下什么了,这些虚无的俯首者会把他的痕迹一扫而光吧,后来者将不会知道他曾在这个世界上存在过。说起来,这些年来,他虽到过不少地方,却还没来得及好好地研究研究这个世界,而且连自己的墓志铭都没想好,真是遗憾。不过,正像哲学家说的,生命是有限的,宇宙是无穷的,用有限的去追索无穷的,必定是要有这样那样的遗憾的,这或许正是生命的本质吧。落地便消融的雪花。转瞬即逝的烟火。划亮夜空的流星。正在迫近的毁灭让他心中一阵惊悸,肥皂泡映照得大地一片氤氲,他心念一动:死亡,莫不就是终极的美?

想到此,他欢笑着扣动了扳机,放出两条火舌,舔舐着七彩的天空。

(完)

**讲故事的机器人**

从前，有一位国王，不爱江山和美人，只喜欢听故事，因此在宫中养了一批讲故事的人。可是每个人的故事都是有数的，当他们所知道的全部故事讲完，就会被国王流放到很远的地方。日子久了，没人敢给国王讲故事了。

于是国王召集了天下最聪明的科学家，让他们制造了一个会讲故事的机器人。开始的时候机器人讲故事很生硬，不过他具有不断学习的能力，可以在科学家的指导下慢慢地自我完善，因而他讲故事的水平也越来越高。机器人的脑袋里装下了世界上所有有趣的故事，每天国王处理朝政累了就让机器人为他讲一个故事，否则就会感到不舒服。国王睡觉之前也要听两三个小小的故事，不然就会失眠。

有一天国王躺在舒服的龙床上，闭上眼睛准备享受一个奇妙的故事。机器人开始了："在一个遥远的小镇上，有一个出了名的盗贼，人送外号克利克……"国王皱起眉，睁开眼睛打断了机器人："这个故事已经讲过了，换一个吧。"于是机器人又开始了："从前有一个国王，认了一头猪做自己的儿子……"虽然机器人的声音很滑稽，但是国王的眉头又皱起来："看来我没有说清楚，请讲一个从没有讲过的故事。"说完又闭上眼，多少有些不快。

机器人沉默起来，他认真检查脑袋里的数据库，结果发现每一个故事都已经讲过了。"这么说你也已经没有什么新玩意儿了吗？"国王若有所思地说。然后想了一会儿，忽然问："你能不能给我编一个故事呢？"

于是科学家又忙碌起来，他们把机器人的大脑容量大大地扩充，让他可以进行更复杂的运算，然后努力地教他什么叫作"虚构"，最后机器人终于理解了为什么不存在的事情也可以编造出来，完成了从陈述到虚构的突破。虽然他编的第一个故事糟糕透顶，但是大伙还是为了这个了不起的进步喜悦非常。

机器人的学习能力很强，在科学家的指导下，他把那些精彩的故事全部分析了一遍，然后建立了一个数学模型，就是后来很著名的"故事定律"，但是这个定律的数学形式过于复杂，只有机器人才能求出近似解。按照故事定律，机器人不断练习，终于编出第一个优美的故事，国王听了之后很满意并且下了命令："记住，你只能把最优秀的故事讲给我听。"

通常，国王心情好的时候，机器人会声情并茂地讲述一个伤感的故事，好心的国王听了就会哀叹一声，为故事中不幸的人们感到难过，甚至会因此颁发一些临时的法令，来减轻人民的负担。国王情绪糟糕的时候机器人则绘声绘色地讲上一个滑稽的故事，国王听了，笑得眼泪都流出来了，怒气渐渐平息，大臣们也就松了一口气，天下因此太平了许多。

机器人编故事的水平越发高超，已经超过了世界上最优秀的作家。由于数学运算的严谨性，他的故事从来都是只有最简练的形式，没有任何的拖泥带水，而故事定律的复杂性又避免了出现千篇一律的情况，有一些故事堪称经典，连国王有时也愿意再听一遍。不过在形式上，机器人似乎坚持着某种可爱的古典主义，他的每一个故事都以"从前"开头，以"这就是一切了，陛下"结束。因此，每当国王扔下手中的奏折，说"请开始吧"，机器人就会用柔美的声音说"从前"，这时候整个王宫安静下来，每个人都安分地待在自己的位置上,屏住呼吸,不敢发出打扰国王的声音,直到听到那句"这就是一切了,陛下",侍者们才长出一口气,谨慎地提醒国王应该休息了。

日复一日,机器人不断地生产着新的故事。但国王是一个聪明的人,即使那些故事彼此之间有着巧妙的差别,他仍然可以从中隐约感受到某种一成不变的东西。于是有一天,心情很坏的国王命令道:"请给我讲述一个天下最奇妙的故事吧。"

一切顿时安静下来,可这一次,机器人却没有马上说"从前",而是沉默起来。国王尽量耐心地等待着,整个王宫开始变得不安,所有的嫔妃和侍者都在祈祷,希望机器人能够顺利地讲出这个举世无双的故事,否则国王就会发怒了。终于他们如愿以偿地听到了那句"从前",所有人放下心来。

"从前,有一个天才的国王,为了君临天下,用世界上最锋利的材料制造了一群无坚不摧的战士。"故事在慢慢地进行下去,王宫里的人都入了迷,国王也暂时忘了一切,专心地听着。战士们历尽了艰辛,消灭了一个又一个强敌和怪兽,经历了许多离奇的遭遇,征服了一座又一座城池,终于来到了最后一个国家。那里的国王同样是一位天才，他用天底下最坚硬的材料建立了一道无坚可摧的城墙。"分胜负的时候到了，两位国王互相点头致意之后，勇敢的战士便举着长枪冲向了那道城墙……"

机器人的声音停住了，正急切地想要听下去的国王顿时从故事中回过神，疑惑而不容置疑地命令道："讲下去。"机器人的双眼闪动了一阵，仍然没有开口。国王的口气变得强硬起来："你为什么停下来？"整个王国都在战栗，机器人却平静地回答："陛下，这个故事可以有两种结局，我还没有计算出哪一种才是最好的。"

"难道两个同样精彩吗？"国王很不悦。

"是的，两者与故事定律真值的接近程度完全一致。这样的事还是第一次。"

"那么，把两个都讲出来。"国王命令。

"不行，陛下，遵照您的指示，我必须把最完美的那个故事找出来，讲给您听，这是我的职责。"机器人平静地回答。

"不，我现在重新命令你，赶快把故事讲下去，不管是哪一个结局。"国王的语气变得粗暴起来。

机器人的电子眼黯淡下去了。那晚，王宫里没有响起过"这就是一切了，陛下"，每个人的心都悬了一整夜，国王也失眠了。

天亮的时候科学家终于把机器人修好了,然后小心地向国王建议道:"您最好不要再给他相互矛盾的命令了。"

国王面无表情地问:"难道没有办法吗?"

"陛下,"一个科学家说,"他虚构故事的能力充分说明了他已经具备了人的思维模式,他的记忆也已经互相交织在一起,如果简单地抹除以前的命令,恐怕他的那些故事也会跟着失去了。"

"确实,"另一个补充道,"我们找出了他那部分记忆的所在,并试着用外接的转换装置来还原他的故事,不幸的是只得到了一堆乱码。"

"而且",第三个说,"他似乎从外界接受了某种坚定的原则,这种原则看来能引起最强大的电势,虽然我们还不清楚是怎么回事,但您最好还是不要强迫他去违背这些原则。"

"总之,"最后一个恭维道,"在陛下的训练和调教之下,他已经进化到了相当复杂的地步,远超出了我们可以解释的范围。"

"废物。"国王只是简单地说了一句,就站起身离开了。

国王把那个残缺的故事昭告天下，宣称能够讲出精彩结局的人会得到重赏。人们为这个残缺的故事着迷，也有许多技艺超群的人前来，讲述了各种各样的结局。国王觉得都很好，但是没有一个可以称得上举世无双，即使有，他也只想知道隐藏在机器人脑袋里的那个结局，因此国王用赏金把所有的人都打发走了。

机器人仍旧尽职地工作，每天都讲述许多精彩的故事作为弥补，国王听了依旧会哀叹，或者欢笑，但是这一切似乎都不如从前那么有趣，因为国王的心中还在惦记着那个没有结局的故事。但是机器人还是没有衡量出哪个结局更完美。日子又那么一天天过去了，机器人越来越像一个真正的人了。国王随着年纪的增长，脾气也变得不那么暴躁了，有时候甚至会对那个机器人产生一种模糊的感情，促使他在心情不好的时候和他聊聊天，两个人彼此都很客气。毕竟在整个王宫里，国王是没有朋友的。

某一天的黄昏，国王用疲倦的声音问："您还没有想好那个故事该怎么讲下去吗？"机器人沉默了一阵，然后平静地说："是的，陛下。也许您不相信，我也会感到痛苦。每当我想到自己将要为了它的一种讲法而不得不舍弃另外的那一种，我的脑袋就会流过一阵阵混乱的电流。我不知道该把哪一个结局告诉您。我下不了决心。"

"您可算得上是一位艺术家了。"国王微笑着说完,然后躺上了床,从此没有再起来过。

国王的病情一天比一天糟,御医开的药并不见效,人们都在窃窃私语。每天晚上,当贴身的侍卫也退出卧室,所有人离开之后,只有机器人不知疲倦地守候在国王的床榻旁边。在黑暗之中,他一边苦苦思索着那个故事的结局,一边等待着国王随时醒过来,请他讲一个小小的故事。

黎明到来之前,国王忽然睁开了眼,盯着机器人,声音微弱地说:"您的那个故事……"

"陛下,我想也许可以有第三种结局……"机器人的声音异常柔和,可是国王摇摇头打断了他:"不,也许不需要结局。"

国王的遗嘱把所有的事都交代得很清楚,唯独没提到如何处置讲故事的机器人。新的国王勤政爱民,喜欢运动而不是听故事,于是决定:出于对先王的尊敬,任何人都没有权利知道那个故事的结局。所以,讲故事的机器人被洗了脑,然后被丢进皇家博物馆的展览柜里,于是再没人能知道故事最后的答案了。

这就是一切了,陛下。

(完)

## 会唱歌的机器人

# 一

从前,有一位国王,他爱美人胜过了爱江山,爱艺术胜过了爱美人。他的祖父和父亲都治国有方,加上那些年风调雨顺,国库里装满了金银珠宝,人民都很幸福,结果国王自己就变得很慵懒。一想到要处理公文啊提拔和放逐大臣啊什么的,他就会打呵欠。而国王是一位唯美主义者,他认为打呵欠非常不美观,因此将朝政都交付宰相,自己则专心钻研艺术。久而久之,闹出了许多乱子,可国王一点儿都不知晓,也不关心。人民怨声载道,但有品位的高雅人士却一致认定:不管怎么说,国王是一位有天赋的艺术家。

在所有艺术中,国王对音乐最着迷。他喜欢弹琴,也有一副好嗓子,不论是开心还是烦恼,他都喜欢自弹自唱。说真的，有时候他倒情愿不当国王，去做一个游吟诗人，浪迹天涯，勾引牧羊女和贵妇人。这个幻想让他倍感寂寞，因而也就让他愈发迷恋艺术。他邀请艺术家们来做客，与他们开怀畅饮，赋诗作画，比赛唱歌。大家都说，国王唱得最好，夜莺听了都羞愧得不愿再开口。可国王听了并不高兴："阿谀奉承，配不上艺术家的名号。"

在某次晚宴上，一位来自遥远异域的外邦贵客天南海北地讲起了旅途见闻：在南方陆地的尽头有一片透明的海，海里有一座小岛，很多年前这里有一个天下最最美丽的姑娘，她迷人的歌喉能让水手流连忘返，让海神陷入迷思。后来她的爱人被海盗杀死，她日夜流泪，变成了一座钻石雕像。传说，谁能唱出最动人的歌声，谁就能让雕像复活，并赢得她的爱情。

人们啧啧称奇。国王心中暗想："考验我的机会终于来了，而且可以赢得美人。"

然而，尽管国王至高无上，但很多事并不是他一个人说了算的。他悄悄地找异邦人商量，对方坦言："陛下，您应该比我清楚，只要您留在王宫，就可以随心所欲做任何事，但想要走出禁城是绝不可能的。"国王认真地思考了一阵，不得不承认他是对的——他们不会允许他离开。

国王非常沮丧,异邦人却说:"也许可以有别的办法。"

很快,聪明的异邦人带来了一个机器人:"您可以教它唱歌,然后让它代替您去。"国王觉得这个办法不错。

机器人每天学习乐理知识,还模仿国王说话、欢笑、叹气、打喷嚏、练习唱歌。它学得很快。不久,人们都被请来鉴赏,他们站在一扇帷幕后。银铃般的声音让整个王宫都要融化了。大家赞不绝口:

"天籁之音,无可挑剔!"

"在音准、节奏、音色方面都棒极了!"

国王和机器人从帷幕后走出来,问人们能否分辨谁唱了哪部分。

大家都摇头,说根本就是一个人在唱。

国王心想:现在我能做到的它都已经可以做到了,它做不到的我也无能为力。

就这样,机器人化装成一名僧人,悄悄地上路了。

足足等了半年,有人送来了一封署名为"率土之滨并非王臣的海上自由人毕尔德"的信,声称国王的使者在他们那里受到了贵宾般的礼遇,如果陛下愿意给予适当的回报,他们即刻就送使者回来。国王觉得为了这点事儿犯不上大动干戈,就派人给海盗送去了一些礼物。这样,机器人回来了，光泽鲜丽的金属身体蒙上了一层暗红色的锈迹。

可是机器人不会讲故事，只好把它这一路上学会的歌谣一一唱出来。国王从没听过这些夹杂着方言土语的民谣，尽管有些格调不太高雅，却非常新鲜喜庆，零零碎碎地透露出许多闻所未闻的事情——在当地的民歌中，那个姑娘的父亲在先王镇压叛党的战争中光荣死去，哥哥在守卫边关的战役中失踪，母亲伤心欲绝，哭成了盲人，弟弟在上山采药时摔成了残疾，妹妹从小寄养在别人家，受到虐待。总之，种种不幸降临在她的身上，让她变得坚强。由于她惊人的美丽，人们都相信她会得到一份幸福的婚姻，并借此使全家人摆脱不幸。然而，尽管身边不乏追求者，姑娘却并不为之所动。事实上，在少女时代，父亲麾下的一名军官就用伤感的歌声和浪漫的理想激起了她的爱慕，并许下了至死不渝的诺言，可惜他后来成了叛党。即便在战争结束后，英俊的叛徒仍冒着生命危险偷偷跑回来与她幽会。最后他在逃往海上的时候被海盗杀死。

长长的歌谣缠绵悱恻，机器人的演唱哀婉动人，就连国王本人也被姑娘的不幸打动。他仿佛看见她那明眸皓齿的脸庞和摇曳多姿的身影，看见在荒无人烟的岛屿上，她日复一日遥望着大海的尽头。从那天起，所有的嫔妃都黯然失色，国王一心想着要让雕像复活。

什么都难不倒的异邦人说，论功力和技巧，机器人已达到极致了，之所以没能成功，是因为它只是一个机器，它没有心，只会传递声音，而无法表达感情，这样的歌声是无法真正感动人的。

"你是说要给它一颗心吗？"国王疑惑地问。

"只要您允许，这并非绝无可能。"异邦人眨眨眼。

"那么它就会变成一个人喽？"

"只有心才能感动心。"

"那么它就会变成一个人喽。"国王盘算着，"假如美人能复活，爱上的也只是机器人吧？"

"那就要看您怎么理解了。毕竟，是您赋予了它生命，它也算是您的影子。"异邦人谨慎地说。

最后，艺术家的创造冲动和唯美主义情结战胜了统治者的权威。国王拿出了祖传的宝物"宇宙之心"，异邦人便动手大干起来。那个姑娘的不幸让国王开始对自己治下的世界多了几分关心。有时候他一边随手翻翻奏折，一边就不经意地哼唱起荒诞不经的民歌，某些大逆不道的内容令一旁的侍卫目瞪口呆，国王却开始能够欣赏其中夹杂着愤懑的幽默和达观。"我的子民生活得多不容易。"他由衷地悲伤。

机器人改造好了。如今,它有着挺拔的鼻梁,金色的胡须,带着忧愁弧线的嘴唇,从头到脚,它就和国王一模一样。国王大惊失色,他想这一定是魔鬼的戏法。

"一切就绪,只等您同意。"

国王心里闪过片刻的犹豫,但艺术家天生就是与魔鬼打交道的嘛,所以他很快镇定下来,把手放在机器人的胸口上,开始好像什么也没发生,然后突然,那里传来了像火山一样有力的心跳。

扑通!

扑通!

扑通!

它睁开了眼,一双碧绿的眼珠打量着国王,后者吓了一跳,赶忙把手缩回来。

有那么一会儿,所有人都陷入了沉默。国王实在想不到要和自己说点什么,对方也只是好奇地看着他,最后他只是露出了一个君王式的微笑,对方也对他报以同样看不见的笑。

扑通!

扑通!

国王听见自己的心在跟着跳。

国王再也不觉得孤单了,他恨不能每时每刻与新玩伴在一起。机器人呢,则飞快地观察着、学习着、领悟着,用国王的姿态去说话、去行走、去揪胡子。等它做得越来越好,国王就开始玩恶作剧。有时大臣们正在汇报,国王突然起身假装去方便,然后回来接着主持会议,居然谁都没发现宝座上的那位已经调了包。

国王玩得不亦乐乎,而被冷落的嫔妃们则开始抱怨,有人在后宫里散播谣言,说国王被妖怪迷惑了心智。国王心想:好吧,那就让你们尝尝我的厉害。于是机器人便去安抚那些女人,他把她们折腾得整夜死去活来,再也没力气钩心斗角。

"你会篡夺我的王位吗?"有一天,国王问。他们之间的谈话从来都是直截了当,坦诚地面对自己是艺术家的基本素养。

"陛下,我永远是您忠诚的仆人。"机器人一鞠躬。

"陛下,您永远是我忠诚的仆人。"国王也一鞠躬。

他们一起大笑了起来。整个王宫都听见了那欢笑声,人们都在心里嘀咕：国王是不是疯了啊？但大家只用眼神交流，谁也不多说话。不过，国王这种身份本来就暗含了发疯的可能性嘛，何况他又是个艺术家！

笑过之后，国王却认真地说："也许你就应该坐在我的位置上。我们都看到了，他们是如何欺上瞒下，玩弄手段假公济私，他们乐得我做这样一个无能的人。艺术什么的不就是最无能的吗？可并不是我想做国王的，这种事啊没得选。你看吧，只要我想改变点什么，他们就会立刻采取行动，这很难办啊……也许你可以打败他们……你来当国王，我就可以溜出去，去找点乐子，给钻石姑娘唱好听的歌……"国王越说越陶醉。

"只要您吩咐。"机器人一鞠躬。

在好多个兴奋得睡不着觉的晚上，国王翻来覆去，策划出一个又一个出逃方案。啊，外面的世界该是多自由，他一辈子也见不到的人们，辽阔的原野，汹涌的江湖，独眼的强盗……但最终他放弃了这些幻想，除了在危险重重的世界里求生不易的现实因素外，更主要的是艺术家的完美主义倾向占了上风——他害怕历尽磨难，最终却不能成功。

而对钻石姑娘的爱也在一天天地生长，她朦胧的倩影在国王脑海里盘旋不去。他想写一首歌,却觉得没有一个音符能抒发他的心意,他想画一幅画,却觉得没有一种颜料能传达她的光彩。他和她在梦里缠绵,醒来后的思念如水草,让他对那个叛贼满含嫉妒。他拥有整个王国,却无法赢得她的心。

"你知道什么是爱吗?"有一天,国王问。

"您知道的事,我就能够知道。"机器人说。

"你这狐狸!"国王被逗笑了,"你爱她吗?"

"只要您吩咐。"机器人顽皮地眨眨眼。现在,就连国王也拿不准了,这家伙究竟是在照本宣科,还是在故意开玩笑?

"不,你要自己去爱上她。"国王严肃地说,"了不起的异邦人说,他是根据一组什么'近似闭合定律'造了你,理论上你的生命近似于无限。是这样吗?"

"也只是理论上的近似。实际怎样,我并不知晓。生活这场伟大的戏剧,总有我们想不到的剧情嘛。"机器人若有所思。

"哈哈,你越来越像个搞艺术的了。"国王突然有一种完成了使命后骤然老去的迟暮感,"唉!我已经是这样子的了,身体和灵魂都布满了颓废和失败。而你,你有着长久的生命，包含着未尽的可能，你会做到我做不到的，会成为我成为不了的，你就是我在自己死后的无限展开。啊，没错，你就是我的永生。我以前追逐艺术，也不过是恐惧死亡的降临，渴望获得不朽的存在，如今你就是我最伟大的艺术品。你去吧，去天地间游荡，用我的眼睛去看，用我的耳朵去听，用我给你的心去生活，去思考，去纠结，去跟姑娘们调情，去跟她们说甜言蜜语，她们喜欢听着呢！去吧，去惹得她们面红耳赤。去吧，去做这一切，最后，当你变成一个彻底的、了不起的人时，你就带着全部的丰富的永不消退的热忱，去给她唱一支好听的歌，唱出我们对她满腔的热爱，诉说心里埋藏已久的情话，那时她就会苏醒，就会看见我，看见我为了能够与她相逢而忍受的一切苦……"

机器人把这些话默默地记在心里了，最后一鞠躬："全凭您的吩咐。"

二

离开王宫后，机器人先在都城里逗留了一阵，东看看，西瞧瞧，在大大小小的戏院和花街柳巷中穿梭，在茶楼酒馆和妓院赌场里听到了许多掌故和秘闻。他模糊地感到国王似乎处于某种险境。但他无力拯救，他还身负更重要的使命。他只能继续上路，穿过沙漠、绿洲、空谷，来到一座又一座城市，混在人群当中，假装成他们中的一员，跟他们一起在丰收的时候歌颂神明，在干旱的季节祈求降雨，看过蝗虫吃掉整片田野，见过无家可归的乞丐冻死街头。面对疑问，他巧妙地用一首首歌曲来回答，人们相信，这是个不肯说话的苦行僧式的怪人。他掉进过猎人的陷阱，也搭救过酒醉落水的旅人，听过流放塞外的官员倾吐抱负，也跟精明的商人同桌豪赌。他曾和最有名的歌唱家同台献艺，名声大振之后成为地方首长的座上贵宾，也曾经被当作奸细投进大牢。有关他的故事慢慢流传，而他依旧像个神秘的幽灵，才引起注意，就悄悄溜走，继续在大地上漫游，寻找着爱的秘密。

他总在前行，迎接新的面孔，听到新的歌谣，也并无什么故交，因而几乎很难察觉到人世的衰老。他的身体也会受伤，每次修理好故障，他就让包裹金属骨架的那层人造皮囊多一层细密的皱纹，以此提醒自己岁月的流逝。有一阵，据说国王要做出一些改变，以便减少人民的不幸。

他修筑铁路、开采矿物、创办学堂……似乎一切就要改变了，但很快保守的力量获得了胜利，改革半途而废了。百姓们私下里传说，得知自己已遭到软禁时，国王只是耸耸肩膀，就满不在乎地唱歌去了。世界又变成了老样子。

在寂寥的夜晚，当人们都已睡去，歌者会怀念那个赋予他生命和使命的人。在时间的另一端，他则会思念海岛上那光彩夺目的钻石雕像。许多年前他第一次见到她时，他还只是一个机器，什么都不懂，而如今，她就是他生命的唯一目的，是他存在的意义，他所做的一切都是为了她，所以他怎么可能不爱她呢？在灿烂的银河下，他居然也做起梦来。醒来后渴望着与她重逢，又担心自己准备得不够充分而迟迟不肯赴约。那感情一天深似一天，尽管他也明白，其中有一半源于她的美，有一半则是源自对国王的忠诚。

他走遍了王国，眼看着世界愈发地动荡。他的唱功已炉火纯青，甚至有人管他叫歌仙了。可他知道自己永远也不可能成为一个彻底的人，无法体会头疼脑热和上吐下泻的烦恼，不能明白食不果腹衣不蔽体的愁苦，感受不到走投无路绝境逢生的悲喜，但他还是努力去接近，去把经受的一切在他复杂的电子脑中还原成数学模型，在能量的波动中品尝千滋百味。没人生来就懂得这些，而他总可以理解得比从前更多。当然，这一切也不能无止境地继续下去，他希望能在国王还活着的时候完成他的心愿。

总之，最后他就像一个老人，自认为阅尽了沧桑，可以去证明他的爱情了。

娇艳的夕阳悬浮在无际的蔚蓝海水上，海鸟在晚霞中鸣叫，熟透的椰子在海风中摇摇欲坠，海浪在礁石上冲荡起雪白的浪花，雕像依旧坚贞地屹立，阳光在她身上流动着，像轻盈的云。

他开始唱了，没有任何技巧，就只是自然地把海风吸进胸腔，让它伴着全身心的情感振荡。一首接一首，从日落唱到天明，从涨潮唱到退潮。他把这一路上听过的最动人的歌全都唱了一遍，又把他专门为她写的歌唱了出来，这些歌从没人听过，它们像昙花，盛开出浓浓的情愁。

他唱了三天三夜，终于耗尽了能量。天气阴晴不定，海上刮起了猛烈的风，大海卷起了浑浊的浪涛，椰子噼里啪啦地掉在地上炸裂开来，钻石雕像一动不动地望着远方。

他没有失望。实际上，他发现，把心声全部吐露出来之后，结果反而已不再重要了。

暴雨倾泻在他冰冷的身体上。他顺着她的目光，看着海天一线。那一刻他忽然有所感悟，觉得这辈子再也不想唱歌了。

与此同时，王国里发生了一场革命，王朝被推翻了，国王被流放到北方的一个小岛上。当机器人回到大陆时，一个新的国家已然建立，人们的服饰、发型和纽扣的位置全都变了样子，所有人看上去都比过去高兴。他们依旧高呼"万岁"，不过不是对着国王的肖像，而是一面新的旗帜。人们的歌声铿锵有力，那是全新的韵律。广场上燃起篝火，每个人和每个人拥抱，所有人都在欢笑，庆祝新生。

机器人有点茫然。

新世界的人们一律平等，每个人都有了新的身份和工作。机器人在一家炼钢厂当工人。白天，他努力工作，晚上在单身宿舍里和工友打牌吸烟。寡言、勤勉和高超的牌技为他赢得了朋友。他的生命已没有什么多余的目标，就顺其自然地过下去吧。

不久，支持贵族的势力卷土重来，又把老国王推上了王座，国家分裂了。战争又开始了，人们又要去当兵了。机器人不想去杀人，就更加卖力，很快就成了先进模范。

组织上认为，把R同志（这是他的新名字）留在生产岗位上更符合我们伟大事业的需要。在表彰大会上，B将军亲自为他颁授奖章。R同志敬了个礼，一头灰发神采奕奕的将军微笑着拍拍他的胸脯，手却停留在那里，表情慢慢凝固。

"这强劲有力的心跳……让我想起了一位老朋友。"将军的目光像利剑，R这才认出他是自由人毕尔德。

"你躲在这地方干什么啊？你不唱歌了吗？"将军重新露出欢快的笑容。

R同志被调往第一集团军文艺部，随同B将军奔赴前线。在那里，将军把一支敢死队展示给他看——一排排有着锐利棱角的钢铁战士面无表情。

"没有恐惧和怜悯，意志坚定，战斗到最后一颗螺丝，在推翻旧制度的革命战争中发挥了决定性的作用。而这些，都是受你启发啊。"将军精神抖擞。

R想起第一次出行被劫持到海盗船上，毕尔德和他的同伴们如何兴致盎然地把它拆个七零八落。

"世界变化得太快了……"将军望着被炮火映红的天，"未来，当机器为真理而战时，一切腐朽的堡垒都将被摧毁，最终人类将从战争这种野蛮的解决方式中解放出来……时不我待啊。去吧，去歌唱真理吧。"

R被派去前线慰问。士兵们脸上全是灰尘和汗水,他们很快就会死去,此刻却斗志昂扬,满含期待。那些新歌曲,R从来没有唱过,他犹豫了一会儿。

"唱吧,朋友,唱一首好听的歌儿。"人们鼓励他。

"唱吧,兄弟,让我们快活快活。"他们露出雪白的牙。

"唱吧,达瓦里希,唱吧!"

于是他唱起来了,起初声音有点飘忽,后来便渐渐放开了,人们拍着手一起唱起来,他们都快活了。

## 三

战争结束后,老国王成了战俘。B将军允诺在适当的时候带R去见他,并悄悄说军事法庭有意让国王以普通公民的身份融入新社会。不过,老国王没能等到审判,就死在关押所里了。据看守透露,其时老人已经昏聩,整日喃喃自语,唯一能听懂的话是:"生在笼子里的鸟儿,会不会有恐高症呢……"

那天夜里,R在心里为老朋友唱起了歌。他开始羡慕人类可以遗忘。

人们一砖一瓦地建设天堂。

R仍要到处演出，失去儿子和丈夫的女人们尤其爱他的歌声，每次总是听到泪流满面。人们颂扬他，说他是新世界的百灵鸟。

B将军被授予了元帅头衔，但他却不如从前快乐，脸上总是紧绷绷的，只有在和R下棋时，才会多少放松些。他让儿子跟R学习音乐，偶尔也请R在晚餐后唱几首时下已被禁止的小调。他一边叼着烟斗，一边怀念起当年在海上横行无阻的自由时光。

在废墟中发现的大量资料显示，仍有相当的反动势力有待清扫。不久，B将军也被处决了，他负责的敢死队项目被裁断为机器崇拜教而被封存。根据B的交代，R就是老国王安插在人民内部的特务。

在被告席上，R一直沉默不语，法庭拿他毫无办法，最后法官问他是否要为自己辩解，R就开口唱了一首歌，战士和心上人的伤感故事引起了现场的骚乱，由烈士遗孀组成的旁听团情绪激动地提出了抗议，法官敲坏了两个锤子才让审判继续下去，并警告被告如再唱歌则被视为藐视法庭。

R被宣判有罪。"严重威胁革命事业的定时炸弹",也就是老国王给他的那颗反动的陈旧的来历不明的心被摘除,送进了国家科学院,供宇宙爆破学专家们研究。

R换上了进步的新鲜的心,被派到乐器厂劳动改造。有人说,他本来是要被判处死刑的,那首歌救了他。其实他当时没想要辩解什么,只是在那个场合下,突然间脑海中不知怎么就盘旋起这么个旋律,便脱口而出了。不过这也没什么好解释的。

厂里的许多工人都是旧时代的音乐家,有几个还是R过去的朋友。即便是在那些只能喝稀汤吃草根的灾害年代,他们依然把音乐当作信仰和支撑,因营养不良而卧床不起时也会习惯性地哼唱。在最艰苦的日子里,他们写出了许多清新温暖的乐章。

R却始终沉默。嘴像是灌进了铅,喉咙像是坏掉的锁。大家都叹息,说它不再是从前那个满怀憧憬的歌手,它的心已经死了。

R兢兢业业。多数人因疾病而无法劳动时,它一力承担,保证了生产进度。他们造的每一只琴都能发出最宜人的声音,在国内外广受欢迎。

春天的时候,恐怖的气氛终于退散,遭到不公正待遇的人们获得了平反。艺术家获准回到城市，去继续创作和教学。R留下来了。

工厂远离都市，冬天有厚厚的积雪，夏天有狼和熊出没。R在这里度过了许多时光，最后比所有人资历都老，成了受人尊敬的老大哥。

空气潮冷的日子，那个心脏偶尔会出点故障，但天晴之后就问题不大，总之对付着够用了。除此以外，它并无什么烦恼。

改革又开始了，服饰、发型和纽扣的位置也跟着变了。经济不太景气，乐器厂关闭了，失业的工人走上街头领取救济金。R不需要这些，反正他不吃不喝，只晒晒太阳就够了。总不至于太阳也会熄灭，对吧？那么，它现在要去哪儿，干点什么呢？

它跟着一群游客进了都城，在从前的王宫里转悠了一圈。去国王的墓前待了一会儿。后来又去英雄纪念广场上毕尔德将军的雕像前打量了一阵。大屏幕里，一艘搭载着太空飞船的火箭腾空而起，人们都欢呼雀跃。科学家们掌握了一种新动力，曾经引导人们挺身抗暴的光辉旗帜即将在火星上竖起。

也许恰好那一天人们都在忙着看电视吧，总之没谁多看它一眼。

它无事可做，就一路走着。在一个荒郊野外，有一座破破烂烂的寺庙。于是它就出家，成了一个和尚。

他从不开口。师父给他取了个法号叫如歌。

如歌每天挑水种菜，清净度日。

寺庙香火不旺，偶尔有几个歇脚避雨的客人，也会扯几句闲天，传播点外面的消息。比如，最近谁当了首脑，或者，国宝"宇宙之心"失窃啊什么的。

这些都如天上的云，飘来了，又飘去了，没谁放在心上。


不知过了几多时光。

一天，一个路人进来烧香。他打量着如歌，犀利的眼神似曾相识。

毕尔德将军的儿子如今已是一位呼风唤雨的金融家，他热衷于文化事业，是热情豪迈的艺术赞助商。他诚恳地邀请老师出山："人民需要艺术，您是全人类的财富。"

在军队的护送下，小毕尔德再次来访。

"话说，当年科学家就是从它这里发现了新动力的。可惜，火星拓殖计划才刚展开，共和国就发生了政变，它也就失踪了。直到多年以后，我才终于从海外赎回了它，有传言说，大洋对岸的星际探索计划也曾受过它的启发呢……唔，现在物归原主了。"

如歌看都不看。窗外的青山沉默不语，山脚下的小河蜿蜒而去。

小毕尔德掏出一根雪茄点燃："或许您有兴趣知道，钻石雕像如今也已收藏在国家博物馆。"

盒子里的那颗饱经忧患的心，泛起了微微的红光。

## 四

机器歌者的首演大获成功，评论界一片好评。观众都说，他们听够了那些雌雄莫辨的歌星口齿不清的颓靡之音，这才是真正的音乐，是古典格调的复兴，是活生生的民族血脉，是名副其实的惊天之作。

大师带动起一股怀旧风潮。他出了二十张唱片，每一张都畅销不衰。他是当之无愧的歌王。没有一个歌唱家会抱怨自己和他生在同一个时代，相反，他们认为能聆听天籁是莫大的荣幸。

大师脾性温和，很少拒绝观众。在他漫长的演艺生涯里,出演过8191场歌剧的主角,塑造过127个角色,其中最负盛名的是史上最后一位国王——后来在火星的古谢夫大剧院里,他演的正是国王复辟的那一出戏。

人们赞叹:他只要穿戴整齐,往那一坐,一切自然就圆满了。

一直有人想要创作一部以他本人为主角的剧作,但被大师坚定地拒绝了。他说,他很熟悉那些角色是什么人,说什么话,做什么事,但不知道自己是谁。

在唯一一次采访中,他说根本不在乎观众和自己是否感到幸福,"只是去把自己变成那个人,去感受他为什么要在那个时候唱这样的歌,为什么不得不唱"。

每个月,他与钻石雕像有一次单独的会面。她的美丽举世惊叹,他的才华万众喝彩,但这些都不重要。能够这样静静地陪着她,是他唯一的安慰。

她依旧望着远方。

时尚需要新花样,观众的口味总要变化。演艺公司委婉地提议大师暂别舞台:"没有尽头的艺术也就不可能获得生命,会逝去的美才能得到珍惜。"

他收拾了行囊,远走他乡,一身轻松。

当年的孤岛,如今已成为繁华的码头城市,除了椰子还依旧会掉落在地上爆炸,找不到一点昔日的痕迹,连最老的老人也不知道有关叛徒和石像的歌了。潮水般的游客快要把小岛踏沉,他甚至找不到一个清净无人的地方替她守望片刻。

他决定去火星定居,那里的建设才刚起步,正需要他这样不受苛刻环境影响的人。说不定他可以在那干点什么。地球在舷窗外渐渐远去,他跟她告别了。他以前怎么就从来没想过:为什么一定要由他来唤醒她呢?也许这使命本该由别人来承担?也许本来就不该唤醒?

火星,气象一新的地方。人们在这里重建乌托邦。人人平等。机器人唱够了歌,他成了一位野外救生员。

大部分时间里,他都一个人在恶劣的户外独自游走,有时还会在古老的环形山捡到说不清来历的宝贝。日久天长,皮囊渐渐老化了,声带也坏掉了。队长说要申请给他做一副新的,他说不用,资源很珍贵,还是节省吧。于是他就恢复了本色,裸露的钢铁骨架在红色的大地上闪闪发光,坚韧的心脏怦怦跃动。

火星越来越繁荣,和母星也产生了冲突。最后嘛,照例是战争。动用了足以给整个星球留下永久伤疤的武器，人就像风中的尘埃一样消散殆尽。

他们并没有从那种野蛮的解决方式中解放出来啊。很多年后，机器人陪同异星人重访地球，看着荒草中的白骨，给客人讲述了B将军当年的梦想。

"人类就喜欢做白日梦。"异星人用电磁波语言评价道。

"你们不做吗？"机器人打量着这位43号星际管理者，想起很多年前制造它的那个异邦人。

"你知道，我们那里有一千地球年的白昼，和一千地球年的黑夜，我们的白日梦是另一种东西。"

劫后余生的人类倒退回蒙昧时代，那种叫作遗忘的机制起了作用。他们对异星人和机器人顶礼膜拜，歌唱他们的神迹。管理者的母星上没有空气，身体没有感受声音的器官，即便来到地球后，仍然习惯于将种种声波进行数学解析。

"你发出的这些数据包，尽管含有若干朴素的高阶奥义的近似形式，但更多的则是无意义的弦动湍流。这样原始的交互，居然被颂扬为感人的艺术，实在难以理解，可见人类仍然是高等文明中最初级的物种。"一天，偶尔听了一张机器人录制的唱片后，异星人如是评价。

机器人不喜欢这位管理员，比较而言，他还是更喜欢42号。

人类文明开始缓慢恢复。但管理者最后还是决定放弃。

"这个星系的恒星很快就会死亡，地球文明不会有前途了。"他们带上了一对男女作为火种离开了。

机器人留下来了。

人类最后还是消亡了。机器人一点都不奇怪，他见多识广。

文明的遗迹很快被荒蛮的力量擦去。

气候变化了。

开始了新的冰川纪。

地球用了几十亿年进化出来的生命逐一凋零。

漫漫长夜里，他伫立在无尽的冰原上。星空闪烁不定，那些彼此间永远不会相逢的星体，燃烧着自己，发出的光芒，跋涉过幽冷无尽的真空，终于在几百万、几千万年之后，在他眼里汇合了。他想，也许只要足够长久，就什么都可以等到吧。

他忘了自己立在那多久了，风雪缠绕着他冰冷的骨架。他忽然想，自己好像是人类的一块墓碑。唉，他可真是越来越像个搞艺术的了。

太阳吹气球一样膨胀起来。

冰雪消融了。

海洋蒸腾着。

大气飘散着。

他还在独自行走。陆地连成一片，地壳互相挤压，火山在他身旁此起彼伏，熔岩喷上天空，在地上肆意挥洒。

瞧啊，这才是真正的艺术。他感到自己渺小极了。

越来越像火星了。

最后，他走向最高的山峰，打算在世界之巅欣赏乌托邦。

即使是宇宙之心，终究还是会老啊。他一路爬上去，有点力不从心了。到底只是近似于永生而已啊。

登上山顶的一刻，心跳骤停了。

钻石雕像在那里。

听说，宇宙有一百五十亿年了。从大爆炸那一刻开始，他俩各自穿越了一百五十亿年的时光。

她从前合十的手臂不知所终，优美的线条剥落殆尽，如今，她遍体鳞伤，满身尘土，不再光艳。

而他从来没有像现在这样爱她。

他走到她身边，陪着她一起眺望。

太阳覆盖了整个天空，大地在燃烧，像节日的焰火。

等一切化成基本粒子之后又会怎样呢？相爱的人会在另一个宇宙里重逢吗？或者，这就是她日夜期盼的吧？但那也不重要，至少此时此刻，他们在一起。

他的身体越来越烫了，意识也开始模糊不清，信号断断续续，一阵冰冷的感觉遍布了线路。啊，这就是死亡的感觉吗？他浑身都颤抖了，有生以来，他第一次感到了恐惧。

而也就是这时候，他忽然觉悟了：他一直以为自己有多爱她，但直到这一分钟，他才明白过去的感受是何等肤浅。直到这一秒钟，他才终于明白了什么是爱啊。直到这一刹那，他才真正地爱上了她。他流出了眼泪。

他吃力地转过身，在她滚烫的额头上轻轻吻了一下。

于是她开始燃烧，发出好看的焰火。

恍惚中,他却分明看到,姑娘的脸庞清晰起来,就像许多许多年前梦到过的那样明媚动人,她冲他露出灿烂的微笑,温柔的目光好像在说:"你啊,我早就认识你了。"

她跳起轻快的舞,唱起了撩人的情歌。

(完)

# 爱吹牛的机器人

从前,有一位国王,他雄才大略,智勇双全,运气也好,所以不用说,最后统一了世界,而且还打算征服太阳呢。最可称道的是,他光明磊落,从不说谎。人民都爱戴他,也都愿意效仿他。这么说吧,宇宙中还从来没有一个地方像他治下的王国这般,风气如此纯正良善。

不幸的是,他却生了一个爱吹牛的儿子。男孩从小就喜欢信口开河,那些不假思索大言不惭的话让他的父母面红耳赤。王宫里的侍从们被他的胡扯逗得神经发痒,想笑又不敢,结果一个个都憋出了肠胃病。不可避免地,他那些昏话在整个国家流传开来。起初,大家还假装没听见,可后来肚皮实在难受,就忍不住笑了出来,他们不得不承认,已经很多年没听过这么逗乐的牛皮了。

而男孩的口头禅是:"我从来都不吹牛,不信等你们死了之后就知道了。"

国王请了最高明的医生、最聪明的哲学家、最有名望的大祭祀、最优雅的琴师，试图矫正、开导、拯救、感化这小恶魔，却毫无功效。遗憾的是，国王只有这一个继承人。然而，难道不是说，只有人民都变成吹牛家，才需要一位吹牛大王来当国王……国王忧伤得睡不着，日复一日，最终长病不起。

据说，国王临终时，年轻人难得没有说什么太过分的话，他只是温柔地望着那可怜的老人说："父亲大人，放心地去吧，我会替您征服比太阳更可怕的东西的。"

从此，人们有了一位"吹牛国王"，过上了堕落的生活。

不过，天下并没有大乱。当然，从前严肃活泼的气氛，被一种新的不正经格调污染了，过去似乎已销声匿迹的二流子、坏小子、臭无赖、大混球都像冬眠后的蛇一样出来了。正派的人头疼不已，不能再像以前那样坦然入梦了。好在老国王奠定的基业足够坚实，又有一些忠厚的老臣愿意辅佐，所以牛皮国王居然也在王座上一路坐了很多年，虽不太稳当，倒也没翻车。他继续坚持不懈地漫天吹牛，十几年如一日，以至于最讨厌他的人也不得不有点敬佩他了，于是大家达成了共识：国王是天底下最会吹牛的人。

随着岁月流逝,国王也慢慢变得比从前离智慧更近了一厘米,听到这种不负责任的说法,不禁陷入了深思。

"那可不行,"有一天,他拿定了主意,"我可不要把这么个名头带进坟墓里。"

他决定,一定要有人比他更能吹牛才行。反正人们不会记得第二名的。

老国王曾经创建过一个机器人兵团,它们刚毅无畏,又善于学习,立下过汗马功劳,并将永远忠诚于每一任国王。经过科学家们的筛选,其中一名士兵被带进王宫。

"你听。"国王说。

机器大兵捕捉着空气中的嗡嗡声,没解码出什么有用的信息。

"可怕的静默。"国王摇头,"我敢说,此刻,这颗星球上的所有耳朵都竖起来了,在等着我说点什么,好逗他们发笑呢,我跟你打赌,因为我的话而治好了不少人的消化不良,至少让帝国每年多消耗了一万袋大米。唉……可你以为,这样的生活有什么意思?没人把你的话当真。我还不如跟您这堆可敬的废铜烂铁聊聊您身上那光荣的锈斑。"

"任您吩咐。"士兵敬了个礼。

"其实,我并非生来如此。小时候,有一次,我在花园里玩,在一棵古树下挖蚂蚁洞,我挖啊挖啊,越挖越深,突然就掉进了一个深坑,原来那是一个黑洞啊,里面有好多可怕的秘密,有一百万个银河系里九亿兆个种族憋在心里不吐不快又怕被人听见的五千摩尔个秘密。嘿,我真是开了眼,赶紧爬出来,想跟大家认真地讨论一下,可人们总是说我在吹牛。唉,当人们认定一件事时,就算是冥王星也拿他们没办法啊……总之呢,现在到了您向我尽忠的时候啦,您要改掉从我父亲那获得的正直。去肆无忌惮地说谎吧,去恬不知耻地胡编乱造吧,去不遗余力地异想天开吧,您要成为空前绝后的牛皮大王,这样我就解脱了,而您也会得到最无上的自由。"

事情就这么定下来了。

吹牛是无法教授的独特技能,机器士兵只能自己去领悟。它离开王宫,在地上漫游,增长见识,积累经验,与各种荒诞的行径为伍,在谵妄的灵魂中熏陶心智,从病人膏肓的癫狂中汲取营养,也说出了种种令人气绝的昏话,播撒下了错乱的种子,赢得了一些恶名。且说有一天,它在荒野小径上独行,突然乌云密布,一阵骤雨把它赶进一个落破的驿站。狭小昏暗的石屋里,三个男人正围着一个火炉喝酒,角落里还有一个醉倒在地的。他面孔苍白,缩在一件满身是洞的黑斗篷里。

几个好朋友很高兴有人加入,大家挤了挤,腾出地方,斟满了一杯浊酒,便继续刚才的话题。

"……你们二位的冒险生涯确实精彩,不过还算不得令人震惊,要说起来,世上再没有什么比死神更难对付的了。"大家点头附和,有着一双鹰眼的瘦高男人便接着说,"有好几次,死神已追上了我,却总被我戏弄。身为一名画家,我擅长描绘一座座美妙绝伦的城市,他被我的画迷住,便踏入了风景之中,漫步于市井街头,穿越广场和小巷,与面目模糊的人们擦肩而过,然后才发现陷入了我精心设计的迷宫,只能沿着首尾相连的台阶循环往复……当然,虽然他挺有幽默感,容忍着我的这些小玩笑,我们却不得不承认,这是一位尽忠职守的先生,他的能力超出世间的一切,所以最终他还是会找到迷宫的出口。不过这也为我赢得了一点时间脱身啊。"他拿起手中的画笔,"瞧,就是靠它,我才能一次次拖延死神的邀请,有幸来到这儿与各位把酒言欢呢。"

大伙一起举杯,向画笔和颜料致敬,角落里的醉鬼也送来一阵悦耳的鼾声作为祝福。

"说来也巧,我有幸欣赏过阁下的一些作品,"叼着烟斗的男人开口,"您的画非常巧妙,含有崇高的趣味和严谨的认知,令人敬佩。而我就不同,作为一个率性而为的人,我从来不把自己当回事儿。没错,人们送给我作家的名号,我享受了不少荣耀和甜头,不过我自知所写的东西其实毫无价值。事实上,抱歉,并非有意冒犯,但鄙人坚持认为,宇宙本身就毫无意义,我们这些渺微的尘芥一文不值,所做的一切都是荒谬的,艺术也同样如此。和您对质量的追求不同,由于不看重自己所做的事,所以我更追求速度。我的写作就像江河决堤,不过是无益的生命在倾泻而下罢了,人们却谬赞我为思想的巨人,真可笑啊。但话说回来,如果和死神赛跑,我认为速度更重要啊。什么灵魂的交流,都是胡扯,这才是我写作的唯一目的。"作家从口袋里掏出一本精装的大部头著作:"这玩意儿就像大理石一样坚硬耐磨,我正在用它们建造一座天梯,每写完一本,就铺设上去,天梯就更高了一节。就这么着,我一边自己架设,一边向上攀爬,而死神就在身后追赶。你们知道,这位老先生常年奔波,腿脚已不太灵光,爬旋梯对他可不容易,所以只要我的手腕动得比他的腿脚快,我就能一直把他甩在身后,而根本无须费什么脑筋。"

"那么你打算一直爬到造物者的大门前吗?"画家问。

"如果真有这么一扇门,我倒是很乐意一脚踢开,看看门后在搞什么名堂呢。"作家哈哈大笑,大家又干杯了。一阵风涌起,顺着窗口洒进一阵飞雨。醉鬼翻了个身,把斗篷紧紧裹在身上。

"虽然您的办法不赖,前景也值得期待,不过我自认为比您做得更彻底,"第三位是一个下巴光溜溜的胖子,美酒在他的腹部浇灌起一座肥沃的山丘,"既然一切毫无意义,我干脆什么都不做,只是终日醉生梦死。丰厚的遗产被我挥霍一空,只为不断搜寻世间佳酿。我不敢说,到底有没有造物者的大门这回事儿,但我敢打包票,在尘世间是有一道通往天堂的入口的,就在这里。"胖子举起杯子继续说:"每次死神前来拜会,我一点也不惊慌,反而慷慨大方地请他与我共饮。不管你们信不信,酒友的交情胜过其他,哪怕他法力无边,也一样会飘飘欲仙,并总是比我先醉倒。等他清醒过来时,我早已溜之大吉。怎么样,我这妙法,比各位的都省心省事吧?"

"难道他从来不吸取教训?"画家抿了一口酒,含在口中细品着。

"只要我提议,他总没法拒绝。有时我甚至怀疑,其实我的大限还早着呢,这位仁兄屡次造访,只是贪图我的美酒。"胖子得意地说。

"那你一定酒量过人,否则要冒很大风险啊。"作家一饮而尽。

"我倒不担心,只要是醉着,就算被他带走也无妨。"胖子又拿起酒葫芦给众人斟满。

"几位前辈真让我开了眼,我还从未听过如此离奇的事情。"一直在倾听的机器人开口了,现在轮到它讲故事了,"不过呢,在我看来,各位虽然技能超群,敢与最伟大的力量戏耍,称得上人中极品,但说到底,还是对他心怀畏惧的,于是苦心竭虑,希望在下一次博弈中战胜他。这样一来,还是难以让自己的精神彻底放松,算不上真正的自由自在啊。"

那几位一向自视甚高,所以起初只是冷笑,但还保持着礼貌的态度,没有打断它。窗外的骤雨已经小了下去,只剩下沙沙的细雨,醉汉的鼾声也轻微了。

"每次死神寄来请帖,我都来者不拒,欣然赴约。没错,我的意思是,人们对死神的忧惧其实是不必要的。他只不过要带我们去另一个国度罢了,那里风景倒也别致。生者以为他们将一去不返，这大致不错，不过也不尽然。我已经多次去过那里，尽管有着严格的规定，禁止返回尘世，但只要像我这般足够聪明机智，还是有办法回来的。"

那三位愣了一会儿，等他们确定了自己听到了什么胡话之后，就一起哄笑了起来。画家拉着作家的手笑得东倒西歪，作家不停地拍打着桌子，胖子笑得眼睛都没了，醉鬼不耐烦地翻了个身。机器人很合群地跟着笑了一阵，直到大家都笑累了。

"我认为你的说法中有一个逻辑上的难题：如果真的有人死后复生，那他就没有真正的死掉，因为不能复生才是我们对死亡真正的定义。"作家带着四分之一的严肃反驳。

"请容许我提出异议，"机器人温和地说，"认为任何事物都不能离开死神的国度，这种命题本身就不合逻辑。显然，至少死神自己是可以离开的。"看到作家要反驳，机器人马上进一步解释："首先，既然死神就是死亡国度的至高主宰，他自己当然是属于'那里'的。同时，他又总是来到'这里'带走我们。既然如此，其他人不也同样有可能做到这一点吗？比如说吧，有那么一次，我在那边漫游……"

它这番话荒唐透顶，几个听众被弄得精神涣散，头疼欲裂，又一时不知该怎么反驳，脸上的笑容也被愤怒取代。正当此时，斗篷里的酒鬼突然浑身一抖，睁开了眼。其他几个人一下子跳了起来，面露惊恐。

"瞧你干的好事啊。该死的！"趁着酒鬼还没完全恢复行动能力，三位绝世高手早已飞速地抓过自己的行头夺门而出，冲进泥泞的天地中了。

那人站起身，抖了抖尘土，整了整衣冠，脸上恢复了庄重的神色，盯着机器人看了一会儿，目光好似冰凌。

门外的风雨已经退散，阳光穿透云朵，三个远去的小小身影正跑向彩虹的尽头。

"我知道你了。不过眼下我还有更要紧的事。"那人转身出门，临走前给了它一句忠告："如果以为自己不是血肉之躯，就不会再见到我，那就大错特错了。所以，最好抓住你能抓住的一切。"

于是机器人把剩下的酒都喝光了，虽然一点味道都没有。它还随手带走了桌上剩的几根鱼骨，丢给了路边的一只野猫。

在那之后，它又度过了一段乏善可陈的日子，人们都已经知道民间有一位能与国王媲美的吹牛高手了。为了能更进一步，机器人决定去更远的地方冒险。它加入了一支船队。领队是一位疯狂的探险家，他相信在银河系的深处有一个巨大的黑洞，那里有失落的宝藏，而光是黑洞边缘那些宝藏的零星碎片，也够他们大发达的了。结果才走了一半的路程，船队就被小行星群摧毁了，机器人被抛进了无尽幽冷的真空，失去动力的它心态倒还不错，任由身体在纷乱的引力场中飘游。

宇宙太浩瀚了，它有足够的时间东张西望。但是周围都太黑了，除了茫茫的星海，什么都看不见。只是偶尔，比如说，过了几百年或者一万年之后，才会有一个星系，透过飘忽的宇宙尘埃，向它靠近。这些星系有的有三颗太阳，有的太阳已经变成了冰冷的白矮星。有时还能遇见和它一样漫无目的的人造物，像是太空舰队的残骸。有一次，一片美丽的玫瑰状星云出现在正前方，它盯着看了大概有两百万年那么一阵吧，为能去那里看个究竟而激动，可是因为半路上一时贪心，伸手去抓一块很久没见过的像是蓄电池一类的东西，结果彻底改变了它的方向，玫瑰星云渐渐从视野里消失，直到七千万年之后，才从它背后再次出现，而结果却证明，它抓到手里的，可能只是某个外星人的烟灰缸。

飘啊，飘啊，飘啊，难道永远飘不到头了吗？它开始瞌睡了，困得迷迷糊糊时还在想："也好，这样我就有了一个证据。等我回去，完全不用虚构什么，只要如实地讲出这一切，就自然会被认为是最能吹牛的了……不过，既然我只是要吹牛，完全不需要什么证据啊……"不过，蒙蒙眬眬地，它又想起了黑衣人的忠告，便握紧了手，没让好容易得到的战利品溜走。它睡着了，还梦见一只电子绵羊向它冲过来，那对红艳的激光犄角画出一道流火，自己的腿却怎么也不听使唤，它急得浑身的电路发烫，突然"砰"的一声，绵羊撞上来，它睁开眼，发现自己掉到了一潭污水中了。

四周滑溜溜的，什么也抓不住，有那么一阵，机器人几乎认为自己要这么溺死了，不过最后还是摸到了一根什么东西，身子便突然被提着飞了起来。一阵头晕目眩之后，它才弄清楚，自己正摔在一条黑色河流的岸边。

天空五光十色，四周都是高山，一只穿着风衣的猫正蹲在一旁，面无表情地将鱼线重新甩入河中。

"失礼了，"机器人鞠了一躬，"请问这是哪儿啊？"

猫先生肉滚滚的脸上没有一丝好气。机器人这才注意到，那几根颤微微的胡子下还叼着一根长得出奇的烟卷，简直比它所有的胡子加起来还长。更离奇的是，烟卷显然已经烧了很久，因为有大概十分之七的部分化成了灰，却顽强地挺立着，掩护着火星向胡子的方向蔓延。

"啊，您看，我这刚好有一个烟灰缸，请别介意，如果需要的话。"机器人把它唯一的宝贝恭敬地递上去。

猫先生转过头，倒竖的瞳孔里透出绿光，脸上慢慢露出了喜悦，冲新来的点点头："喵呜——"

就这样它们成了朋友。

猫先生因为弄丢了烟灰缸，又不愿把烟灰掉在地上，于是简直动弹不得。它已经在此蹲守了太久了，幸而机器人把它从困境中解救了出来，这充分证明了它的品性。为了报答它的好意，猫先生愿意给它帮一个忙。

"我只想回到我来的地方。"这是机器人唯一的心愿。

猫先生皱起眉，说那是做不到的。所有掉进这个黑洞的人，都再也离不开了，大家都迟早要去那座'城堡'报到，它还是趁早死了心的好，不然最后难免空欢喜。但机器人坚持认为，自己的使命尚未完成，就这么永远地留在这里心有不甘，还是想试试看。猫先生为它的忠诚所感，便叹了口气："好吧，我可以给你一点帮助。你去找一个总是叼着烟斗的脱画人吧,我听说他有好几次成功地从死神手中逃脱呢。"

机器人谢过猫先生,继续赶路。路上尽是奇怪得无法描述的风景。它沿着河水,顺流而下,来到一片荒原。两支军队正在交战,地上满是断肢残骸。"你效忠于谁?"一队巡逻的三维码卫兵捉住了它,盘问道。

"我永远效忠于伟大光荣的牛皮国王。"机器人在这一点上从来不说大话。

他们对这个答案似乎不满意,便把它当作奸细扔进了牢里。隔壁牢房里正好有一个叼着烟斗的男人。

机器人说明了来意,男人点点头:"不错,正是在下。既然是猫大哥的朋友,那我愿意给你一点帮助。不过你必须先帮我一个忙。你知道,在这里,多数人都会顺从地去城堡结束他们的旅程,毕竟那是永远的解脱。只有少数捣乱分子才会和死神大人玩捉迷藏。为了困住我,他画了一幅又一幅奇异的画,把我变成画中人,让我困在他精心设计的那些不可能存在的建筑中,可每次我都能逃脱。尽管如此,他仍然不遗余力地一再追捕我,我很希望知道,他到底还想再画多少幅画,还要折磨我多少次才会觉得无聊。"

机器人拍了拍胸脯,说这件事包在自己身上,回来时就给他答案。

"好极了。"说话间,脱画人不知怎么已经来到它身边,敏捷地打开地上的一道暗门,"快走吧,时间紧迫。"

秘道像一架幽暗绵长的滑梯,机器人一路滑到了一堆稻草上。这是雪山脚下的一片平谷,湖水清净明丽,一个胡子拉碴的男人正光着膀子,全神贯注地奋力劈柴,他身后是一棵参天古树。一块木片刚好进到机器人的脚下,上面写满了支离破碎的文字。

"你有什么非回去不可的理由吗?"当机器人说明来意以后,男人不解地问。

"我必须要回去好好吹个牛。"机器人诚实地回答。

"哈哈,这个由头倒不错。"男人咧嘴笑了,"好吧,我愿意给你一点帮助。不过你必须先帮我一个忙。你知道,我是一个诗人,这意味着我受了诅咒。这或许是因为我盗取了语言的种子,写下了壮丽的诗篇。我想,只要它永不停歇地生长,我就可以攀沿而上,把死神永远甩在身后。"他们一起抬头,那棵树枝叶繁茂,顶端消失在云深深处,躯干上却布满了瘤,一阵风起,便下雨似的落下满地枯枝败叶。"它曾经何其辉煌,如今却停止了生长,病恹恹的。我想知道，是什么腐烂了它的灵魂？"

机器人拍了拍胸脯，说这件事包在自己身上，回来时就告诉他对策。

诗人将信将疑，不过还是高声朗诵起来：

"……云霄中的王者，
经常出入于暴风雨中，嗤笑弓手……"

像听到了召唤，一只巨大的信天翁从天而降，抓起机器人，眨眼间便飞越了群山，闯进了雷霆万钧的云海。这一路千辛万苦，机器人本来已经有点体能不支了，恰好一道闪电击中了它，它瞬间充满了能量，复苏了全部的斗志。信天翁却被吓了一跳，陡然松开爪子。机器人掉在了一只船上。那无际的黑色洋面，正映着万里赤霞，一个胖子正在船头喝酒。

机器人先祝福了他的健康，又说明了来意。

"你这也可谓佛心了，"胖子点点头，"我愿意给你一点帮助。不过你必须先帮我一个忙。每次死神找到我，我只要先狂饮两杯，就什么都不怕了，他也就拿我没办法了。可是酒劲过去后，我又变得软弱。我想知道，有没有什么办法能长醉不醒?"

机器人拍了拍胸脯,说这件事包在自己身上,回来时就给他满意的答复。

胖子很高兴,请它一起喝酒。这酒真是不同凡响,连机器人都能品出个中妙处,却又难以言说。几杯下肚,它一向清醒的正电子脑都有些飘忽了,那滋味就像一场美妙的湮灭。它似乎看见胖子的身体正在膨胀、膨胀……最后变成了一个巨人,自己就坐在他的肩膀上。刚才还浩渺无际的大海,此刻成了脚下的一片水洼。巨人抓起它,一把投了出去。机器人腾云驾雾,飞啊飞,最后刚好落进一个火山的岩洞中。

翻滚的熔岩旁,有人正在那里沉思,那阴沉的身影,足以让酒意瞬间清零。

"果然又和您见面了啊。"机器人依旧彬彬有礼,"不过我还不能跟您走。实际上,我的请求正相反,因为我身负使命。我听说您是位讲道理的绅士,您愿意考虑一下吗?"

"那是不可能的。"

"总还可以商量一下吧。或许我能帮您做点什么……"机器人诚恳地提议。

"没有什么事能难倒我,我不需要谁的帮助。"

"请不要见怪,可我认为有几个问题,连您也未必能回答呢。"

"说吧。"

"我认识一个脱画人,听说他总是能从您的迷宫画中逃走,您知道他是怎么做到的吗?"

"虽然我现在还不知道,但总会弄清楚的。"

"纯属好奇,反正他还是可以逃掉,您何必一再穷追不舍呢?"

"没有画,又怎么会有脱画人呢?"

机器人毕竟已经见识过许多大世面,想问题也比从前更周全透彻了一些,所以它只稍微想了想,就觉得这些话也是说得通的。于是又问:"我有位朋友,他种下了一棵语言树,就快要长到天空那么高了,现在却病了,您知道是怎么回事吗?"

"说不定它有恐高症。"

和聪明人聊天就是长学问啊,现在机器人的思路已经展开得比较完全了。

"另外,我听说,人们在喝醉了之后会觉得自己更勇敢更真诚,难道没有一种酒能够长醉吗?造物者为什么不让他们在清醒之后一如既往地怀有同样的勇气和心意呢？"

"让人醉的东西，不正是人自己造出来的吗？"

这回答和它心里猜想的基本一致。现在可是彻底有数了。

"可是，既然您心里一清二楚，为什么不去挑破呢？"这次它是真的搞不懂了。

"他们一看见我就跑，根本不给我开口的机会……"死神轻声叹了口气，"……况且……"

"您其实也挺享受这个过程吧？"机器人小心地问，它猜死神是没什么朋友的。

"好吧，如果你愿意去跟他们谈谈，我愿意给你一点帮助。"死神终于让步了，"也该结束这些游戏了。"

"包在我身上。"机器人拍了拍胸脯。

死神便走上前，手扶它的背，一把将它推入沸腾的岩浆中。机器人毫发无损地穿越火海，重又跌入了云雾中，一路掉回到了那艘船上，胖子已经恢复了正常的体形，正在船尾小酌。

"你找到答案了吗？"

"有句话叫'酒不醉人人自醉'啊。老兄，我说，你从没有在清醒的时候好好看一下这个世界，看看自己，看看死神的模样吗？"机器人反问。

胖子愣了一会儿，才发现从前活着时和死了这么久以来，都从没这么做过。"说的是啊……"他放下了酒杯，就那样盯着船后的航迹望了许久。他的头脑开始苏醒，目光开始澄明。那野蛮的黑色波涛无情地翻滚，像一面镜子，映照着他的灵魂。有一刹那，那肥胖的身躯打了一个冷战，似乎想要后退，但他到底坚持住了。是的，他看清了这一切，明白了所有的债务和荣光。于是他转身走进船舱，再出来时已穿戴整齐。

"这个送给你了。"老迈的战士从腰间取下酒葫芦。这时便开始风起云涌。"他就要来了，这次我要与他认真地来一次对决。"

怒涛肆意戏弄着小船，机器人被抛进大海。葫芦开始长大，驮着它在海浪中颠簸前行。它最后回头时，看见老人身披生锈的铠甲，仿如一尊颀伟的青铜雕像，泰然倚着长剑，在暴风雨中旁若无人。

机器人骑着葫芦，一路漂游，不知怎么就回到了那片群山环绕的湖泊上了。诗人的胡子比上次更长了，正在那里用莫比乌斯草喂一匹发条骏马。

"你来解答我的难题了吗?"

机器人打开葫芦,为诗人倒满一杯:"喝吧,喝下去你的灵感就来了。只要你下定决心,真要这么做。"

诗人犹豫了片刻,但他想:为什么不呢?这不正是自己所希望的吗?于是便一口干了。那从神的食粮中蒸腾出来的甘露,流入龟裂的心田,倾注希望、生命、青春,让爱的种子萌发,长出骄傲的枝叶,一层一层,粗壮蓬勃,得意扬扬,向天空深处进发。诗人很欢喜,他灵巧如长臂猿,一转眼就不见了。

机器人在下面等着。我们都知道,它这个人挺有耐心的。

等着。

等着。

终于,诗人回来了,满身是伤,头发和胡子上挂满了枝叶,手里紧紧握着一根树枝,浑身都在发抖。

机器人其实挺想问问诗人爬到顶了没有,看见了什么没有,揭开了世界的面纱没有,找到了永恒没有,但它还是忍住了没有开口,怕弄得他更难过。

"这个送给你当纪念吧。"诗人把树枝递给机器人,然后把它扶上那匹发条骏马,开始一圈一圈地拧发条。嘎吱、嘎吱,发条越绷越紧,嘎吱、嘎吱,马儿开始躁动。"上路吧朋友,永别了,等到一切重新来过的时候再见吧。现在我要给自己造一座坟墓,所以千万别回头。"

话音未落,诗人松开了手,骏马便四蹄翻腾,带着饱满的喜悦狂奔起来。机器人决定尊重诗人的遗愿,果然没有回头。在它身后,响起了砰砰声,是斧头在劈砍什么吧。最后只剩下风声在耳畔呼啸了。

它们翻山越岭,来到一片废墟。断梁残壁之间,一座广场上正在举行一个仪式,一群虔诚的人准备钉死一个叛徒。机器人下了马,和大伙一起围观。

"你有遗言吗?"主持仪式的黑袍大祭祀慈悲地问。

男人被绑在木架上,嘴里依旧叼着他的烟斗,目光倒还温柔,没有愤怒也没有骄傲,他扫视着台下面目模糊的人,最后目光落在了机器人身上:"啊,你来了,有什么要告诉我的?"

"你啊,总在逃走,永远也没办法在一个世界里驻留,但你是不是其实渴望再次入画?可能你只是在期待一幅完美的杰作,值得永远镶嵌其中。又或许,你只是想以这种方式成为人们的焦点,因为画中的空白才是最醒目的存在。但你永远只能做一个无形的影子。"机器人如实地说出了它的看法。

"啊——"脱画人赞赏道,"聪明的人。它点破了我烦恼的根源。我要回报它的智慧。好吧,我想是时候了,这一次我会尽职尽责。请容许我将我仅有的烟斗送给它作为回报,这是我唯一的心愿了。"

黑袍祭祀沉默了一会儿,便走上前,取下他的烟斗,来到机器人身边,露出了苍白的面容。机器人接过烟斗,也没说什么。这时人群开始喧嚣,无头的行刑人抡起锤子,将铱钉砸入男人的骨头里。那撞击声铿锵有力,玫瑰色的血肉翻飞四溅,观众们在节日里欢呼。黑袍人从怀里掏出一张画板,在白色的一面迅速地描绘着。修长白皙的手指敏捷而精准,画中的受刑者神色哀戚,又有几分安然,他所有的苦都到了尽头。

人们上前亲吻那遍布伤痕的尸体,然后便散去了。

"又只剩下你和我了。"黑袍人的目光好像有点忧伤。

"我兑现了我的承诺。"机器人说。

"好吧,我会送你去终点,只有在那里才能找到起点。剩下的就靠你自己了。"黑袍人把那画板翻过来,开始在黑色的一面画了起来。

机器人毫不怀疑死神的正直,它静静地等着。视线渐渐开始模糊了，世界黯淡下去了，像光在熄灭，所有形状和色彩都失去了根据，然后就安静下来。

那感觉有点像在宇宙中随波漂流，轻飘飘的，但比那时还要纯净。它试着朝某个方向移动。周围没什么东西阻隔，但好像掉在某种柔软弯曲的东西上，它的存在和行动，只是让自己成为一个深深的凹陷。或许它正悬浮在一片湖面上吧，一点点动作，都能引起整片涟漪。

"不要挣扎了。"一个声音在黑暗中说，可能是出于同情，或者不耐烦。

出于礼貌，它停了下来，思考着下一步怎么办。

"陛下？"它觉得那声音有点熟悉，但拿不准是正直的老国王，还是爱吹牛的新国王。

没人理会。

适应了一些之后，机器人意识到在某个很远的地方，有一个很不起眼的像素点，亮度比周围的背景稍微高了那么一点点，要不是它意志坚强，根本都不会注意到。好了，一旦有了目标，勇气也就跟着来了，它奋力朝那里游过去，既没被允许，也未被禁止。

那亮点慢慢挨近了，机器人费了好大一阵工夫才走到它跟前，原来是一个快要熄灭的火堆。

"我说你还是别管它了吧。"那声音终于又开口了。

"真抱歉,可是我得从这儿出去。"机器人是从来不跟人见外的,它相信,只要诚恳地跟人家解释清楚,别人总有可能多少理解些它的处境。

"我知道,我知道你的使命。忠诚是值得嘉许的,如果可以,我要亲自为你戴上勋章,不过眼下最后的一点儿火也要熄灭了,所以什么也不必操心……"

机器人认真地思考了一番,便从怀里取出诗人送给它的那根树枝,小心地把它放进了火堆中。那本来奄奄一息的火苗,蛇一般欢腾地跳起舞来,照出一片球状的空间,一个头戴王冠的老人从黑暗中浮现出来,模样有点像老国王年轻的时候,又有点像新国王老年以后。

"唔……"久违的亮光让他眯起了眼,"看来你还真是铁了心啊。唉,你就那么想回去吗?除了这里,再没有一个地方能得到永久的平静了。"

"只要还有一线可能,我就绝不会放弃。"

"嗯嗯,令人感动。"老人点头,"你并非为了自己而冥顽不灵,这大可钦佩。好吧,我来问你几个问题,如果你的回答让我高兴,我愿意给你一点帮助。"

"我一定如实禀告。"机器人拍着胸脯说。

"当我还是一个年轻的君王时,我以为正直庄重是最高的美德,我嘉勉勤劳高尚的人,教化丑陋不端的行为,我的人民因此免于卑琐,心也没有忧惧,但若说因此就是地上的天堂,那也差得太远。而当我日渐成熟,却开始对那些不正经的事物有了更多的理解,对那些荒唐和不恭也有了更多的宽容,人民比从前快活轻松得多,但德行的衰败也随之而来。那么,作为一个局外人,你认为庄严和滑稽,究竟哪个更值得鼓励?英雄和小丑,到底谁更令人喜欢?"

"陛下,在我看来,命运之神总是喜欢生双胞胎,人们就是自己的兄弟。"

"哈哈,有意思。你不是一般的死电子脑筋。"老人有些高兴了。

"是的,之前进过一些水,有些奇怪的负电子混进来了。"机器人如实禀告。

"第二个问题,人是如此矛盾的存在,既可以像天使一样完全奉献自己,又可以如恶魔一般不遗余力地伤害他人,那么,爱和恨,到底谁的力量更强大?"

"据我观察,一切有限的存在,都渴望效忠于某些更为永久的东西,只有这样才能勇猛无畏,而不论我们决定效忠于什么。"

"很好，我越来越喜欢你了。"老人揪着自己的白胡子说，"最后一个问题，你必须想清楚再回答，因为它关系重大。"

"我一定把所有的运算模块都调用起来。"机器人郑重保证。

"好极了。那么，你是否已有足够的能力承担你的重任？如果能够回到过去，你果真能够成为旷古洪荒以来，普天之下，绝世空前、独一无二、无人比肩、不可再现的吹牛大王吗？"

正如它所承诺的那样，它用了二百五十六种不同的检验法，运算了足有九亿七千四百六十六万亿次，差不多用尽了身上的最后一点能量之后，才如释负重地说："是的，陛下。"

老人缓缓地点点头："眼下我们正处于一个非常庄严神圣的境况中，所以我不会要求你来吹几个牛作为证明。或许你可以说说你对吹牛的理解，从中我就可以得到某种更有把握的确证。"

"在我看来，"毕竟这是机器人毕生为之奋斗的事业，所以它几乎不假思索就从容作答，"吹牛让说者和听者都为之愉悦，这部分是因为，有些真理的光芒会灼伤人们的感官，令他们害怕，因此必须乔装打扮成荒诞不经的故事，才能以温和的方式渗透进他们脆弱而多疑的神经，即便天生鲁钝的头脑不能从中得到什么教益，也至少不会受到什么伤害……"

老人舒展的眉头又开始锁紧了，他似乎不太满意。机器人继续说了下去："……不过，根据我的多年经验来看，吹牛更重要的，还是在那漫无边际的跳跃中获得喜悦，就像人们渴望飞翔一样，这本身就是理由，不需要更多的解释。"

这下老人总算露出了欣慰的神色："你的回答令我满意。"他从袖子里摸出一根宝剑形状的铅笔："在尘世时，我用它征服世界，建造王国。在这里，我用它抹除光明，把一切困在黑暗王国。现在我把它送给你，你或许用得上。喏，火苗就要熄灭了，一切都将睡去。"

树枝已经烧尽。不远处传来了沉闷冷清的脚步声。

"你的时间不多了。"老人的面容一点点消失。

"您不和我一块儿走吗？"机器人紧紧握着那支笔。

"我是这里永恒的奴隶。你走吧，但要记住，我对你的帮助，并没有什么更深的考虑，我只是想看到他失败的样子，哪怕仅仅一次也好。"

残灰中只剩最后一点火星，只够照亮那一圈白胡子，那好像是一个微笑，然后什么都没有了。

机器人一刻也不耽误，立刻就从怀里拿出烟斗。刚才它伸手找树枝的时候，就发现那东西其实是橡皮做的。所以当它向黑暗中用力一划，一道圆弧的亮光就撕裂了混沌。那脚步声猛然停住，又急促地响起。机器人飞速地擦啊擦，很快就擦出了一个圆形的洞口，尺寸刚好够它钻出去——这在刚才的第九亿七千四百六十六万亿零一次的计算中已经算好了。它才刚落在一块潮湿的泥地上，就即刻转回身，用铅笔涂抹了起来，借着洞口的亮光，它能看见死神苍白的手掌就要伸过来了，好在它抢先画出了一个十字，把他的势头拦住了，紧接着又立刻将四个象限一股脑地全都涂黑了。起初涂得比较稀疏，只够勉强遮住洞口，因此还能透出死神的叹息声。后来，当确信已经平安无恙，它开始耐心、细致、均匀地涂抹，确保没有一个像素的疏漏。它涂啊涂，直到铅笔涂光了才停下来。它反复地核实，最终确认一切都稳妥了，这才松了口气，倒头大睡。

不知过了多久，小男孩终于醒过来了，浑身酸痛。周围都是泥土，身后依靠着一丛密集的树根，他这才想起来自己掉进一个很深的地洞里了。头顶上是一块不规则的天空，几个人围在洞口张望，更多人在外面乱哄哄地喊叫，七嘴八舌地商量着怎么救他出去呢。有什么虫子爬到了脖子上，他小心地拿在手里，仔细端详着那些乱动的小细腿儿。这时他的肚子咕噜噜地叫起来，这一切都那么新鲜，待会儿他可要好好地大吃一顿，经历了这么多事儿，不犒劳一下自己怎么行啊。嗯，等他吃饱喝足，还要给他们好好讲讲自己的历险，不是吹牛，管保他们从来没听过这么离奇的故事。嘿，那些大人啊，他们都自作聪明，以为自己什么都懂，才不会把小孩子的话当真呢，他们一定会说我在吹牛。哼，管他的，总有一天你们会知道是怎么回事儿的。不过，就算他们不当真也没什么大不了的，只要他们听的时候觉得有趣，笑得开心，我就愿意给他们一点帮助。

（完）

# 附录：各篇发表情况

1. 《去死的漫漫旅途》

初稿成于2005年3月31日。最初发表于《星云Ⅳ》（四川科学技术出版社，2006年），后收入个人短篇集《去死的漫漫旅途》（长江文艺出版社，2016年）、《四部半》（作家出版社，2018年）。

另，根据小说改编的同名电影剧本曾获得广电总局主办的第二届"扶持青年优秀电影剧作计划"奖励，后收入个人短篇集《讲故事的机器人》（希望出版社，2013年）。

2. 《巨人传》

成于2010年8月21日。发表于《新科幻》2011年第2期，后收入星河主编的《2011中国年度科幻小说》。被译成日文、英文发表。

另，根据小说改编的同名电影剧本曾获得广电总局主办的第三届"扶持青年优秀电影剧作计划"奖励，后发表于《文艺风赏·狂人》（长江文艺出版社，2012年5

月），收入个人短篇集《讲故事的机器人》（希望出版社，2013年）。

### 3.《讲故事的机器人》

成于2005年1月27日。发表于《科幻世界》2005年第10期。被译成意大利文、英文、日文发表。

### 4.《会唱歌的机器人》

成于2013年7月3日。发表于《最小说》2013年第10期别册《最幻想》，收入吴岩主编的《2013年度中国最佳科幻小说集》。

### 5.《爱吹牛的机器人》

成于2014年5月14日。发表于《文艺风赏·天才》（长江文艺出版社，2014年11月）。被译成英文、韩文发表。英文版收入刘宇昆编译的 *Broken Stars: Contemporary Chinese Science Fiction In Translation*（Tor，2019年）。

# 新版后记

本书收录的五篇小说，最早的写于2005年，最晚的写于2014年，这也正是目前为止我创作科幻的主要时段。

2003年12月，《皮鞋里的狙击手》在《科幻世界》发表，成为我第一篇公开发表的作品。作为读着这本杂志长大的科幻迷，我备受鼓励。2005年，我先后完成《讲故事的机器人》和《去死的漫漫旅途》。前者被《科幻世界》放在《每期一星》栏目，对我来说是一种很大的肯定。没想到，这个持续多年的栏目次年就取消了。后者则是我首次尝试中等篇幅的小说创作，有关这个故事的来历，在别处已经写过，这里只补充一个回忆。

在很长时间里，《科幻世界》主办的"银河奖"是我知道的唯一的因而也是最高的中国科幻奖项。自从开始发表科幻小说，我就一直梦想着能得一次奖。《去死的漫漫旅途》交稿后，责编说书人给了好评，大意是："如果每年能给我一个这种水平的中篇，你就出息了。"或许是因为篇幅的关系，这个被我寄予厚望的故事没有刊发在《科幻世界》正刊上，而是收入专门容纳中长篇的《星云》书系。这个系列的第一本是钱丽芳的《天意》与拉拉的《彼方的地平线》，第二本是刘慈欣的《球状闪电》，都获得了相当不错的反响和销量。而且在我的印象中，此前"星云"系列的作品是参评"银河奖"的，所以2006年《星云Ⅳ》出版时，我不仅期待着读者的好评，也梦想着当年的"银河奖"。但不知何故，《星云Ⅳ》收录的三篇小说不在"银河奖"的评选之列。自那之后，我又多次在《科幻世界》上发表作品，却再也没有感到自己那么有希望过。

被《科幻世界》退稿是家常便饭，所以每次在漫长的等待后从编辑的QQ上得到用稿通知的时候，是真的喜悦非常。幸运的是，被退的稿件大多也都遇到了认可它们的编辑。如果没记错的话，本书收录的另外三篇也经历了这样的退稿再转投的过程。令人感慨的是，发表它们的三本杂志如今都已停刊。

2016年，这五篇作品以《去死的漫漫旅途》为题，由长江文艺出版社结集出版。老实说，当时我还是抱有一定期待的。可惜，书上市后几乎没有任何宣传推广，责编也很快离职。这一版估计没有卖出多少。

对一本书的命运来说，责编的离职肯定会有负面影响，不过这种事我此前和此后都遇到过，也算不得什么。更关键的问题，也许是自己创作中的某种薄弱性。也就是说，我的写作大概缺少某种能准确、有力击中读者心绪的特征，以至于就算出版方想要努力宣传，好像也找不到用力的角度，这在我的其他几本书上似乎也得到了一些印证。这么一想，2016年版的《去死的漫漫旅途》，不像是"时运不济"，而更像是"命该如此"。

但话说回来，近乎零推广的待遇，无论如何也太过分了吧！

毕竟，这是曾寄托了我创作雄心的故事，也得到过不少读者和同行的肯定。它们固然不必引起多少轰动，但也应该值得被更多热爱阅读的人看到。怀着这样的念头，我有了将它们择机再版的想法。

这就需要一个真正喜爱这些故事的编辑。幸运的是，吴莹莹编辑对我的构想给予了支持。这些年来，她在科幻出版方面给读者带来了很多惊喜。对文学爱好者来说，译林社的声誉和地位更不必多说。值得一提的是，这五个故事在某些方面深受卡尔维诺的影响，而我最早读到的卡尔维诺作品，正是2001年译林社出版的"卡尔维诺文集"。这套在高中时代买到的精装书，是我珍藏至今的宝贝。所以对这几个故事来说，译林社是再好不过的去处。

为了赢取"扶持青年优秀电影剧作计划"的奖金，我曾经把《去死的漫漫旅途》和《巨人传》改编成电影剧本，对人物和情节都做了重新设计。两个剧本后来收入我2013年出版的小说集《讲故事的机器人》，但它们从来没有与小说版在同一本书中出现过。所以，这次原本打算收入这两个剧本，一来可以实现"大团圆"，二来也可以让全书与2016年版有所不同。不过，译林社的编辑们讨论后，认为还是不收入剧本更好。对于编辑的专业判断，我没有意见，所以最终的新版，在篇目上与2016年版并无不同。

所不同者，是字句上的改动。这主要体现在《去死的漫漫旅途》中。原稿写于十九年前，那时的我是一名不务正业的大三工科学生，自认为经受了多年的文学经典熏陶，也有了一定的创作积累，谋篇布局用心经营，落笔时字斟句酌，又经过手写稿、录入稿、修改稿的多次完善，整体上应该是非常成熟的了。这一印象延续多年，直到这次重读，才惊讶地发现它有这么多看着别扭的地方。当年录入时的粗疏只是次要因素，更主要的，是如今的我在文风和语感方面与年轻时代大不相同。如此一来，原封不动地呈现往昔的真实样貌当然最省事，但既然希望这些故事呈现更好的样貌，获得更多的读者，就不可能不去修剪这些扎眼的"毛刺"。因此，本书的五篇小说在文字上均有调整，其中《去死的漫漫旅途》改动最多，余者改动则只有几处。

文风和语感变化的背后，是工作、生活、精神等方面的状态变化。创作这五篇作品的时候，我只是一名"在校学生""青年作家"，身上有着较为明显的文学青年气质。此后，为了投入真正具有挑战性的学术工作——博士学位论文的撰写，我基本上停止了小说创作。学术写作对文风的重塑是缓慢而深刻的。另一个重要影响，来自毕业后获得的"高校青年教师"身份。"为人师表"的要求逐渐冲刷掉了文学青年气质，引导我向另一种精神风貌学习和靠拢。简单说，就是比以前更朴素实在了。所以这次新版，也没有收入以前的创作手记和后记，那些风格鲜明的非虚构文字，今天读起来有点不好意思。

当然，这不是说过去的文风就该被现在的否定，只是说，时过境迁，与这几篇小说相伴随的岁月已成过往，最初写下它们和读过它们的人都已进入新的生命状态。人生就像赶路，走着走着，就停一停，回头看看身后的路，出一会儿神，然后继续前行。因此这次的修订和再版，既是弥补八年前的遗憾，也是与过去的创作阶段正式道别。

我并非那种精力充沛的人，八九年来，工作和家庭的事情忙得我不亦乐乎，即便偶有余暇，也没有多余的心力进入小说创作状态。令人意外的是，2023年春天，我在高铁上忽然接到《科幻世界》编辑的消息，说我以博士论文为基础出版的那本学术专著获得了当年的"银河奖·最佳相关图书奖"。此时距离我首次发表科幻小说已经过去了二十年，早已不做获奖梦的我终于靠一部非小说作品赢得了"银河奖"，真是百感交集。闻知喜讯的家人说，学术是我的福报。不过，若不是因为读科幻、写科幻，我大概也不会走上研究科幻的道路，所以也可以说，科幻是我的福报。

回首往昔，自己在不少重要时刻都幸遇贵人，在此要对每一位帮助过我、鼓励过我的老师、朋友、编辑、读者以及长期支持我的家人表达感谢。你们出现在我的生命中，也是我的福报。

2024年1月22日星期一